Tamta Melaschwili

Abzählen

Tamta Melaschwili

Abzählen

Roman

Aus dem Georgischen von
Natia Mikeladse-Bachsoliani

Unionsverlag

Die Originalausgabe erschien 2010
unter dem Titel *Gatwla* im Verlag Diogene, Tbilissi.
Deutsche Erstausgabe

Die Übersetzung wurde gefördert
vom Georgischen Ministerium für
Kultur- und Denkmalschutz.

MINISTRY OF CULTURE
AND MONUMENT PROTECTION
OF GEORGIA

Im Internet
Aktuelle Informationen,
Dokumente, Materialien
www.unionsverlag.com

Rieterstrasse 18, CH-8027 Zürich
Telefon 0041-44-283 20 00, Fax 0041-44-283 20 01
mail@unionsverlag.ch

Umschlaggestaltung: Martina Heuer, Zürich
Umschlagbild: Sergey Lagutin
Druck und Bindung: fgb – Freiburger Graphische Betriebe
ISBN 978-3-293-00439-9

Abzählen

Konfliktzone
Mittwoch

Mutter sagt: Meine Milch ist versiegt, deshalb weint es.
Ihre Milch ist versiegt, deshalb weint es, sage ich zu Ninzo. Sagt Ninzo: Was hast du vor? Einen anderen Ausweg als wieder zu Gwelesianis gibt es nicht. Sie rüttelt an der Klinke der Hoftür. Sag ich: Gestern hatte es einen Krampf, vor lauter Weinen. Da hab ich den Finger in Wein getunkt und ihm in den Mund gesteckt. Da ist es wieder eingeschlafen. Glaub mir, die Apotheke der Gwelesianis ist der einzige Ausweg. Wir müssen es tun. Sag ich: Sie bringt mich um. Mir ist zum Kotzen. Sagt Ninzo, die Stimme immer dünner: Es stirbt euch weg, das Kind, dann kann deine Mutter jammern, Gott holt die Engel zu sich. Sag ich: Läster nicht. Warum seid ihr beide bloß so blöd, deine Mutter und du? Ich halte Ninzos Hand an der Klinke fest. Hör mit dem Gerüttel auf, das

Geräusch geht mir auf die Nerven. Na gut. Ninzo lässt los. Sag ich: Du weißt doch, wie sie ist? Stundenlang hat sie wegen der gestohlenen Makkaroni und dem Tee aus Mananas Laden mit mir geschimpft. Hä, sagt Ninzo und zerrt wieder an der Klinke, woher weiß sie das? Hast du ihr nicht gesagt, die Frau von der humanitären Hilfe hätte dir das gegeben? Hab ich ihr gesagt, aber vergessen, die Preisschilder abzuziehen. Warum bist du auch so blöd? Warum? He, nimm die Hand von der Klinke! Lass du zuerst los! Nein, du! O. K.! Wir starren einander eine Weile stumm an. Sagt Ninzo: Komm mal kurz in den Hof, und nachher gehn wir. Sie schaut an mir vorbei. Im Hof sitzt Saur und glotzt vor sich hin. Er trägt einen alten Anzug, voll mit dem ganzen Schrott, den er damals bekommen hat. Sagt Ninzo: Schau, der hat sie nicht mehr alle, sitzt den ganzen Tag rum, die Brust voller Medaillen. Sagt Saur: Schau, wie die herumläuft. Eine richtige Schlampe wird das mal. Aus dir wird auch mal eine Schlampe. Dabei liegt deine Oma oben im Sterben. Sagt Ninzo: Großvater, geh ins Haus. Siehst du nicht, sie fliegen wieder. Dass bloß nichts passiert. Sagt Saur: Ach was, und schaut zur Seite. Ninzo hat im Hof Erde umgegraben für Blumen, ich trample drauf herum. Sagt Ninzo: Ich geh mich umziehen und komm gleich wieder. Saur wiederholt: Ihre Oma liegt im Sterben. Ich antworte nicht. Sagt Saur: Was ist das für ein Krieg?, das ist kein Krieg. Die einen hier, die anderen dort und mittendrin nichts. Sag ich: Sie werden einen Korridor öffnen. Was? Wer behauptet das? Was für einen Korridor? Sag ich: Die Leute reden darüber, der Vater meines Klassenkameraden hat es gesagt. Ach was, sagt Saur, sie werden keinen Korridor öffnen. Du wirst schon sehn. Sie werden uns alle vernichten. Sag ich: Sie werden einen öffnen, der Vater meines Klassenkameraden hat es gesagt. In den nächsten Tagen werden sie einen öffnen. Sagt Saur: Der Vater meines Klassenkameraden, der Vater meines Klassenkameraden, und zieht eine Grimasse. Lass die Erde in Ruh, trampel nicht ständig drauf herum. Er schaut nach oben. So wie die heute fliegen. Sag ich: Was heißt *so?* So halt. Sie werden uns vernichten. Sag ich: Werden sie nicht, sonst hätten sies schon längst getan. Sagt Saur: Sag mal, Mädel, wem traust du eher, mir oder dem verkrüppelten Vater deines Klassenkameraden? Sag ich: Dem Vater meines Klassenkameraden. Ach was, sagt Saur und verstummt. Komm, lass uns gehn, sagt Ninzo und zieht die Tür hinter sich zu. Sie trägt ein blaues Kleid. Schreit uns Saur hinterher: Sie klaut meinen Tabak, die Schlampe. Ninzo stellt sich taub, als ob sie es nicht hört, schaut nur auf ihr Kleid. Schau mal, Zknapa*, ist es nicht wunderschön, ich hab nur die Taschen abgetrennt. Und sie wedelt mit dem Saum ihres Kleids. Dann erkenn ich das Kleid. Du Diebin!, sag ich. Du Diebin! Sagt Ninzo: Komm schon, was soll das? Ich hab dich doch gebeten, das Kleid nicht mitgehen zu lassen. Du Diebin, wie oft hab ich dir gesagt, du sollst nichts mitnehmen? Sagt Ninzo: Fang nicht schon wieder an, kapierst du nicht, von einer Toten zu klauen, ist kein Diebstahl. Woher weißt du, dass sie tot ist? Woher weißt du das? Sagt Ninzo: Keine Ahnung. Ich kenn nur ihr verlassenes Haus, da find ich mich mit verbundenen Augen zurecht. Und überhaupt, ich habs satt, hör auf damit. Sag ich: Schon gut,

* Kosename für ein zierliches Mädchen, etwa Kleine, Knirps, Krümel, Mäuschen

o. k. Sagt Ninzo nach einer Weile: Jaja, ich lass wirklich nichts mehr mitgehen. Das Kleid hat mir halt gefallen, es ist blau, so wie meine Mutter eins getragen hat. Sag ich: Schon gut, ist ja gut. Außerdem hab ich eine Überraschung für dich. Wir kommen auf die Hauptstraße. Sie ist leer. Eine Überraschung?, wiederhole ich gedankenlos. Ninzo wird ungeduldig: Beeil dich, bringen wirs hinter uns, dann gibts die Überraschung. Gut, sag ich, unter einer Bedingung. Na schön, sag mir später, was für eine Bedingung das ist. Frag ich: Wieso gehn wir hier lang? Sie werden uns sehen. Andersherum ist es zu weit. Sag ich: Ninzo, sie werden uns sehn. Ja, ist ja gut. Ninzo schaut mich groß an. Ist ja gut. Wir nehmen den andern Weg. Sag ich: Schau dich um. Sagt Ninzo: Niemand zu sehn. Ich kletter als Erste rüber, Ninzo folgt mir. Ich flink, sie etwas langsamer. Vorsichtig öffnen wir das kaputte Schloss und schleichen uns rein. Wir brauchen etwas Zeit, um uns an die Dunkelheit zu gewöhnen. So ein dunkles Haus. Nicht dran zu denken, die Vorhänge aufzuziehen. Sagt Ninzo: Komm mal her, ich zeig dir was ganz Besonderes! Frag ich: Wann warst du denn schon hier? Sagt Ninzo: Was weiß ich, vielleicht vor zwei Tagen, Kwernadse hat das Schloss aufgebrochen. Sag ich: So ein Arsch. Sagt Ninzo lächelnd: Oh, Zknapi, bist du aber unanständig! Gott wird dich strafen. Sag ich: Tu doch nicht so, und schubs sie an der Schulter. Wir gehen ins Schlafzimmer. Ninzo öffnet den Schrank. Hier, davon hab ich dir erzählt. Sag ich: Na und? Ich sag es irgendwie lustlos. Sagt Ninzo: Wieso na und? Ein Player! Sogar CDs dazu, schnallst dus nicht? Bestimmt haben sie ihn übersehn und hier stehn lassen! Funktioniert sogar. Sie ist begeistert. Geil, so viel CDs. Sag ich: Stell die Musik leiser. Die Anlage hat bestimmt Dato gehört. Ganz sicher gehörte sie ihm. Kannst du dich noch an Dato erinnern? Ninzos Augen funkeln. Dato! Das war ein Typ. Echt cool. Irgendwie seriös und erwachsen. Aber du kannst dich wohl nicht an ihn erinnern. Wann hast du dich schon für Männer interessiert?, feixt Ninzo, du bist ja noch ein Kind. Das hat schon was, dieses Nest hier, oder? Sag ich: Ja, sicher, aber stell die Anlage leiser. Ninzo richtet sich auf. Komm, Zknapi, lass uns tanzen, komm schon. Sag ich: Keine Lust. Ach, komm doch. Ninzo wartet nicht mehr auf mich und beginnt zu tanzen. Das ist so toll! Ninzo schwebt mit erhobenem Kopf durchs Zimmer. Und die Überraschung, frag ich, wo bleibt die Überraschung? Warte. Hier, da ist sie. Was ganz Besonderes. Ninzo zieht eine Schachtel Zigaretten aus ihrem BH. Frag ich: Woher hast du die? Mensch, was soll das, ist das ein Verhör? Ninzo bleibt stehen. Sie tanzt nicht mehr, stellt die Anlage aus. Zknapi, was ist? Ich erkenn dich kaum wieder. Was hast du? Ist es wegen dem Kind? Mir ist zum Kotzen: Sag, woher hast du die? Sagt Ninzo: Von dem mit den blauen Augen. Sie schaut an mir vorbei. Ninzo, sag ich, Ninzo! Bist du wahnsinnig? Bist du dort gewesen? Wieso dort, mein Gott, ich war unterwegs, Spitzwegerich ausstechen, für Lamara. Warum regst du dich so auf? Er war allein am Wachposten und hat mich zu sich gerufen. Ich bin hingegangen. Sag ich: Ninzo! Was denn? Ich hab ihn gefragt: Hast du 'ne Kippe für mich?, und dachte, der gibt mir ein oder zwei. Er hat mir die ganze Schachtel geschenkt. Sag ich: Ninzo, du weißt, wie gefährlich es dort ist! Oder wenn unsere dich gesehen hätten? Mir wird kotzübel. Sagt Ninzo: Ist mir scheißegal. Das ist ein toller Typ. Der hat blaue Augen und so einen klasse Körper. Ich könnt schwören, er mag mich. Hättest seine Augen sehn sollen, wie er mich angeschaut hat. Soll ich dir was sagen? Er hat gesagt, er hätte mich schon öfter zusammen mit einem kleinen Mädchen gesehn. Damit warst du gemeint. Ja, hab ich gesagt, das ist meine kleine Schwester. Dann hat er die Schachtel aufgemacht. Sag ich: Blöde Kuh! Warum lügst du, sag? Du bist selber blöd. Würd der glauben, dass wir gleich alt sind? Ninzo schaut auf ihren Busen. Sag ich: Du bist unmöglich. Und dann? Was dann? Dann hat er mir die Schachtel gegeben, ich hab ihn angelächelt und bin gegangen. Ninzo zündet sich eine Zigarette an. Er hat mich noch angelächelt und mir ins Gesicht geraucht. Sag ich: Du bist unmöglich, zum Kotzen, und stichle: Was willst du noch, hast ihm ja schon fast alles über mich erzählt. Sagt Ninzo: In der Tat. Und wenn das Ganze hier vorbei ist, gehn wir zu Walentina und bedanken uns; vielleicht gibt sie dir dann eine bessere Note. Ninzo schaut mich an, sie schaut mich so an, dass ich nichts mehr sagen kann. Ich zünde mir auch eine Zigarette an. Nach einer Weile drückt Ninzo ihre Kippe in die Streichholzschachtel und sagt: Kwernadse will was mit uns besprechen. Sag ich, wiederhol es gedankenlos: Kwernadse? Was ist? Du tust ja grad, als hättest du den Namen noch nie gehört. Es gibt was zu erledigen, was Wichtiges. Ninzo wird auf einmal ernst. Sag ich: O. K., wenns Kwernadse ist. Ninzo gibt mir einen Klaps. Was ist denn los? Ich könnt bei der Seele meiner Mutter schwörn, dass du in den letzten Tagen komisch drauf bist. Der Tabak ist irgendwie anders, ziemlich mild, oder? Nicht wie unserer. Sag ich: Ja, der ist gut, ich muss nicht husten. Der ist gut. Kein Problem, ich kann noch mehr besorgen. Ninzo lächelt. Sag ich: Ninzo! Schon gut, schon gut. War nur ein Witz. Sagt Ninzo: Was machen wir jetzt? Sie schaut sich im Zimmer um. Oben auf dem Schrank liegen ein paar Bündel. Komm, hilf mir, die holen wir runter. Sag ich: Nein, wir haben uns doch was versprochen. Sagt Ninzo: Was haben wir uns versprochen? Na, was?, sag ich: Du weißt schon, was, dass du nichts von hier mitnehmen wirst. Sagt Ninzo: Wart mal, erst will ich sehn, was drinsteckt, und dann entscheiden wir. Sag ich: Ninzo! Sie stellt einen Stuhl an den Schrank und beginnt, die Bündel eins nach dem andern runterzuwerfen. Ich will ja nur sehn, was drin ist, ich nehm noch nichts mit. Bloß mal schauen. Sag ich: Ninzo! Ninzo, Ninzo! Ninzo schreit: Ich habs satt! Sie steigt vom Stuhl. Ich bin es leid. Entweder hilfst du mir oder … überhaupt, deine Anständigkeit steht mir bis hier! Die sind von hier abgehauen! Kapierst du das nicht? Ein für alle Mal: Sie sind weg! Und weißt du, warum? Das waren nicht so arme Hunde wie wir, die hatten Geld! Sie haben gezahlt und durften hier raus! Und ich? Und du? Wir krepiern hier, weil wir nicht so dicke Ärsche haben wie die! Die werden leben, weiterleben, und ich Todgeweihte darf mir nicht mal ihre Lumpen nehmen? Na, was? Was? Ninzos Schläfenadern treten dick hervor. Schau! Ich werd alles mitnehmen, alles, was noch im Haus ist! Ich nehm alles mit! Sie schubst den Stuhl um. Sie schreit: Alles! O. K., sag ich leise. O. K. Wie du willst. Schon gut. Ich stell den Stuhl wieder auf und sag: Steig rauf und reich mir die Bündel. Ninzo schaut mich an, sagt: Gut so. Hättest mir auch gleich helfen können. Sie steigt auf den Stuhl und reicht mir ein Bündel. Sag ich: Das sind Klamotten, altes Zeug und noch irgendwelche Gardinen. Sie schreit von oben: Sehr gut! Die Gardinen zerreiß ich für Lamara! Schau mal, schau! Sie zeigt mir ihre Hände. Wie sie vom Waschen ihrer Lappen aussehen! Schau! Das Zeug kann ich als Einlagen benützen und dann wegschmeißen! Wir sortieren aus, zwei Bündel voll. Den Rest werfen wir in die Ecke. Sagt Ninzo: Ich bring die Sachen weg, wenns dunkel ist, sonst sieht man mich, und es gibt Ärger. Sag ich nach einer Weile: Ninzo, du hast es mir doch geschworen. Was? Ninzo tut ganz verwundert. Du hast geschworen, nichts mitzunehmen. Du hast es bei meinem Namen geschworen. Sagt Ninzo: Ach, komm schon, Zknapi, dabei hab ich die Finger über Kreuz gehalten. Sag ich: Über Kreuz? Sagt Ninzo: Na klar, wenn ich bei deinem Namen schwör, halt ich die Finger immer über Kreuz. Sag ich: Hier sind noch Frauenkleider, willst du die auch? Sagt Ninzo: Lass mal sehen. Ich zeig sie ihr: Hier. Natürlich will ich die, kichert Ninzo. Hihi, schau dir mal an, wie die aussehen. Aus welchem

Jahrhundert das Zeug wohl stammt? Frag ich: Nehmen wir das auch mit? Ich reich ihr jedes Teil einzeln. Ninzo muss lachen: Klar, ich werd für Lamara und Saur eine Modeschau veranstalten. Du bist doch dabei, oder? Bitte! Na gut, sag ich und muss auch lachen. Ninzo schmeißt die Sachen in die Ecke und steigt vom Stuhl. Lass uns gehn, das Zeug hol ich später. Kommst du mit, Spitzwegerich ausstechen? Wir haben keinen mehr. Sag ich: Gut, aber erst muss ich zu Hause vorbeischaun. Geh schon vor. Ich hör noch ein bisschen Musik. Sie holt den Player. In einer Stunde bei mir. Gut, sag ich und schließ die Tür hinter mir. Ich hab keine zwei Schritte getan, da hör ich Ninzos Stimme. Sie singt.

Donnerstag

He, ihr beiden, was strolcht ihr hier rum? Geht nach Hause! Habt ihr denn keine Angst, dass euch jemand was antut? Seht ihr nicht, was draußen los ist? Die Mädchen von Seinab hat man immer noch nicht gefunden! Sagt Ninzo: Tante Msia, wir sind unterwegs, Spitzwegerich ausstechen. Es wird euch bald nicht mehr danach zumute sein, dir besonders! Murmle ich zwischen den Zähnen: Den Spitzwegerich stechen wir für ihre Großmutter aus, gegen das Wundliegen. Sagt Msia: Jetzt musst du auch noch deinen Senf dazugeben, die eine rennt immer der anderen nach. Was schreist du denn die Kinder an, was ist los? Dodo kommt zum Hoftor raus, den Besen in der Hand. Sagt Msia: Ich schrei sie nicht an, ich warne sie. Draußen ist Krieg, und sie stromern hier herum. Hin und her, hin und her spazieren sie. Sagt Ninzo: Wir sind unterwegs, Spitzwegerich ausstechen. Was für Spitzwegerich?, kommt lieber zum Gottesdienst, ich gehe jetzt hin, aufräumen. Sagt Msia: Was soll ich heute in der Kirche? Ich gehe am Tag der heiligen Maria hin. Du nicht, aber vielleicht helfen mir die Mädchen beim Aufräumen, wenn sie schon so viel Zeit zum Herumschlendern haben. Fragt Msia: Ist der Priester da? Sagt Dodo: Der Priester ist da, er wird die Predigt halten. Wir müssen für den Frieden beten. Und plötzlich sehr milde: Zknapa, mein Kind, willst du nicht im Kirchenchor mitsingen? Uns fehlt die erste Stimme. Sag ich: Natürlich sing ich mit, Tante Dodo. So ists gut, mein Kind, versammeln wir uns alle im Gotteshaus und beten, beten zusammen, damit wir überleben. Gott wird uns retten. Wir müssen für den Frieden und das Leben beten. Und für die Toten auch. Sagt Msia: Verstehst du das, du Gör? Sie schaut Ninzo zornig an. Sie ist ein braves Kind – dabei schaut sie zu mir –, sie geht zur Kirche und singt ab und zu. Und du? Was machst du? Sagt Ninzo: Ich pfleg meine Großmutter. Ihr Gesicht verdüstert sich. Mach dich doch auch sonst mal nützlich. Komm, hilf mir den Kirchhof aufräumen. Gott wirds dir vergelten. Sagt Ninzo: Hab doch gesagt, dass ich Spitzwegerich für meine Oma ausstechen muss. Komm, hilf mir beim Aufräumen, den Spitzwegerich kannst du dann immer noch bringen.

Sag ich: Erst bringen wir den Spitzwegerich hin, und dann kommen wir zum Kirchhof. Ich muss das sagen, weil Ninzo vor Wut schon ganz blass ist. Sagt Dodo: Schaut mal, wer da kommt. Sie späht über mich hinweg. Schaut mal, die Blöde. Was schleppt sie denn da? Fragt Msia: Wer ist das? Sie hält sich wegen der Sonne die Hand vor die Augen. Sag ich: Das ist Tebro. Sagt Msia: Kannst du sehen, was sie da anschleppt? Ich kanns von hier nicht erkennen. Sagt Ninzo: Eine Schaufel. Sie schleppt eine Schaufel. Sagt Dodo: Die alte Jungfer war schon immer ein bisschen plemplem. Der Krieg hat ihr jetzt den Rest gegeben. Sagt Dodo: Grüß dich, Tebro, woher kommst du denn? Sagt Tebro: Aus der Schlucht. Sie bleibt stehen, ganz rot im Gesicht. Fragt Ninzo: Aus der Schlucht?, und schaut mich an. Fragt Msia: Warum läufst du mit einer Schaufel herum? Sagt Tebro: In der Schlucht liegt eine Leiche. Sagt Dodo: Das wissen wir auch, es ist aber nicht unsere Leiche. Sagt Tebro, ganz außer Atem: Es ist nicht unsere Leiche, aber sie stinkt. Egal, wessen Leiche das ist, sie gehört unter die Erde. Fragen Ninzo und ich gleichzeitig: Hast du sie begraben? Begraben? Ich?

Nein, ich konnte sie nicht anfassen, hab nur etwas Erde drüber geschaufelt. Sagt Ninzo: Ist besser als nichts, wir haben uns auch nicht an sie rangetraut. Sagt Dodo: Wofür schindest du dich denn so, Alte? Die Toten von denen verdienen keine Erde. Sagt Tebro: Tote sind Tote. Bei Toten ist es gleich, ob es unsere sind oder ihre. Sie nimmt ihre Schaufel, schaut weder uns noch die Frauen an und macht sich eilig davon. Sagt Dodo: Die redet immer so wirres Zeug. Den Toten hätte sie besser mal liegen lassen sollen. Sagt Msia: Mensch, die Leiche ist am Verwesen, und dort spielen ja oft die Kinder. Ditos Sohn war neulich auch in der Schlucht. Hast du das nicht gewusst? Die Kinder aus unserem Ort gehen jeden Tag fünfmal dahin, um die Leiche anzugucken. Warum haben sie den Toten nicht irgendwo begraben, warum haben sie ihn liegen lassen? Sagt Dodo: Hätte ihn doch gleich der begraben, der ihn getötet hat. Sagt Ninzo: Lass uns gehn, ich kann das Gelaber nicht mehr hören. Machts gut, sagen wir im Gehen und legen einen Schritt zu. Schreit uns Dodo hinterher: Komm doch auch, Ninzo! Und bring einen Besen mit! Ich warte auf dich! Wir fangen nicht ohne dich an! Sagt Ninzo, ohne sich umzudrehen: Du kannst mich mal. Fragt mich Ninzo nach einer Weile: Und? Wirst du ihr helfen? Sag ich: Die kann uns mal. Wenn sie unbedingt will, sing ich am Tag der heiligen Maria im Chor mit. Sagt Ninzo: He, Zknapi, so hab ich dich am liebsten. Und strahlt dabei übers ganze Gesicht.

Freitag

Sagt Ninzo: Sie isst nicht, macht den Mund kaum noch auf. Sie hat Lamara in den Hof gebracht und macht ihr Spitzwegerichwickel. Sagt Ninzo: Schau dir das an, sieht schlimm aus. Ihre Augen sind voller Mitleid. Sag ich: Kann man dir helfen? Dabei versuch ich, Lamara nicht in die Augen zu sehn. Sie hat weit aufgerissene, ins Leere starrende Augen. Sagt Ninzo: Lass nur, ich mach das selber. Ich setz mich zu ihr. Saur ist nirgends zu sehen. Ninzo, sag ich, sie werden keinen Korridor öffnen. Wortlos macht Ninzo weiter Spitzwegerichumschläge. Dann fragt sie:

Wer behauptet das? Sag ich: Die Piralischwilis. Sie haben es von Gotsadse und aus dem Radio. Stumm macht Ninzo Spitzwegerichumschläge. Sag ich: Ninzo, heut muss ich es tun. Sagt Ninzo: Gut, tun wirs heute. Sie sagt es dumpf. Bin sofort fertig hier, dann können wir gehn. Sag ich: Es stirbt uns weg. Sagt Ninzo: Ich bin gleich fertig, Zknapi, dann gehen wir. Sag ich: Gut. Wir sind eine Weile stumm. Dann sagt Ninzo: Hörst du, wie sie atmet? Sag ich: Wie? Ich versuch wieder wegzuschauen. Sagt Ninzo: Kaum noch. Sag ich: Es ist heiß. Sagt Ninzo: Ja, kann sein deswegen. Hilf mir mal, wir setzen sie hier rüber. Wir setzen Lamara in den Rollstuhl. Sagt Ninzo: Oma, Omama, komm schon, wir wollen was essen. Lamara rührt sich nicht. Mit weit aufgerissenen, leeren Augen starrt sie vor sich hin. Ninzo hält ihr den Löffel vor den Mund: Iss was, Omi. Lamara reagiert nicht. Sagt Ninzo: Omama, mach mal den Mund auf. Lamara sitzt starr da. Ninzo verzweifelt: Da, schau doch, jetzt isst sie nicht mal was. Ich bring sie kaum noch dazu, den Mund aufzumachen. Sag ich: Vielleicht kann Saur sie füttern? Ninzo verzieht das Gesicht. Der traut sich gar nicht mehr in ihre Nähe, oder denkst du, sie lässt ihn an sich ran? Ich glaub, sie hasst ihn. Sie haben einander schon immer gehasst. Sag ich: Was du nicht wieder alles denkst. Sie reagiert nur noch auf mich. Vielleicht noch auf meinen Vater, wenn er da wäre. Keine Ahnung. Seit er weg ist, gehts ihr so schlecht. Es wird immer schlimmer. Omilein, mach doch mal den Mund auf, bitte. Lamara macht keinen Mucks. Ich weiß nicht, was ich noch tun soll. Ninzos Augen füllen sich mit Tränen. Ich weiß es wirklich nicht. Das wird schon wieder, so wie damals. Weißt du noch, als sie dann doch wieder gegessen hat? Ninzo schafft den Teller ins Haus. Lamara starrt geradeaus in meine Richtung. Ich weich ihrem Blick wieder aus. Ninzo kommt heraus: Omilein, schau mal her. Ich muss loslachen, so komisch sieht sie aus. Sie trägt die alten Sachen aus Datos Haus, hat ein Kleid über das andere gezogen und einen Blümchenhut auf. Wie eine Vogelscheuche steht sie da. Singend und Grimassen schneidend posiert sie vor der Großmutter. Dann dreht sie sich um, die Lippen gespitzt und irgendwie schrecklich geschminkt – wie hat sie das bloß so schnell hingekriegt –, und fragt mich fröhlich: Bin ich nicht krass? Sag ich: Total. Ich kann mich kaum noch halten, muss fast heulen vor Lachen. Ja, ich bin krass, sagt Ninzo noch mal. Sie dreht sich wieder zu Lamara. Schau mal, Omama, schau, seh ich nicht gut aus? Sie dreht sich vor Lamara und wedelt mit dem Kleid. Abwechselnd seh ich ihr Gesicht und ihren Rücken und lache und lache und krieg mich nicht mehr ein. Dann, mit dem Rücken zu mir, bleibt sie plötzlich stehn. Sagt: Lamara. Dann lauter: Lamara. Frag ich: Was ist? Ich seh sie nur von hinten. Ninzo dreht sich um: Sie weint! Sie weint schon wieder! Und dann mit verzweifelter Stimme: Lamara! Sie reißt sich den Hut vom Kopf, wirft ihn auf den Boden und dreht sich wieder zu Lamara. Jetzt seh ichs: Aus Lamaras weit aufgerissenen, leeren Augen laufen dicke Tränen. Ihr Gesicht ist ganz reglos, nur die Tränen fließen ihr über die Wangen. Sagt Ninzo: Ich kann nicht mehr. Wenn ich nur wüsste, warum sie weint! Scheiße, scheiße!, sagt sie, liest den geblümten Hut auf und stülpt ihn Lamara auf den Kopf. Sie schiebt den Rollstuhl ins Haus und schreit mir zu: Ich bring sie rein, dann können wir gehn. Auf der Erde liegt ein Löffel, sicher von Lamara. Ich heb den Löffel auf und leg ihn auf den Stuhl neben mir.

Mittwoch

Sag ich: Da stinkt was. Ich bleib stehen. Sagt Ninzo: Ja, es stinkt wirklich. Sag ich: Es kommt aus der Schlucht. Wir schauen uns an. Sagt Ninzo: Komm, wir sehn mal nach. Sag ich: Lass, bitte! Mir ist eh schon zum Kotzen. Da rennt sie schon ohne mich den Hang hinunter. Ich steh eine Weile da und kann mich nicht entscheiden, ob ich hinterherlaufen soll oder nicht. Zknapi, schreit Ninzo mit seltsamer Stimme. Was ist los?, ruf ich. Dann renne auch ich den Hang hinunter. Zwischen den Bäumen schimmert ihr blaues Kleid. Der Gestank wird immer stärker. Sagt Ninzo: Sieh mal! Sie dreht sich um und hält sich die Hände vors Gesicht. Ich halt mir auch sofort die Nase zu. Pfui. Sagt Ninzo: Was ist das Weiße? Sie dreht den Kopf zu mir. Sag ich: Wer weiß, vielleicht das Gehirn?

Sagt Ninzo: Ich muss gleich kotzen. Die Hand immer noch vor der Nase, tret ich etwas näher: Das ist keiner von uns. Sagt Ninzo: Woher willst du das wissen? Sie weicht einen Schritt zurück. So viele Fliegen! Was heißt, woher?, schau dir die Uniform an. Sagt Ninzo: Ja, es ist einer von denen. Deshalb ist er noch immer nicht unter der Erde. Lass uns gehn, Zknapi, mir ist schon ganz schlecht. Sag ich: Und was wird aus der Leiche? Sagt Ninzo: Soll ich die etwa begraben? Ich bin ein Mädchen. Aus irgendeinem Grund hält sie sich die Ohren zu und rennt dann geduckt, aber flink den Hügel hinauf. Ich hinterher. Oben angekommen, sag ich: Lassen wir den so liegen? Sagt Ninzo: Keine Ahnung, Zknapi, was sollen wir denn tun? Sie schnappt nach Luft. Es gibt kaum noch Männer, die die Leichen begraben könnten. Soll ich das etwa tun? Sag ich: Wollen wir Kwernadse fragen? Wir könnens versuchen. Denkst du, er tuts? Sag ich: Wer weiß? Eigentlich müssten die Anwohner neben der Schlucht das machen. Sagt Ninzo: Es wohnt keiner mehr bei der Schlucht, die Häuser stehn alle leer. Der Gestank stört niemanden mehr. Komm schon, na komm – sie legt einen Schritt zu –, lass uns hier weg, sonst muss ich gleich kotzen. Sag ich: Mir ist auch ganz schlecht. Wir haben kaum ein paar Schritte getan, da kommen uns Kinder entgegen, vier kleine Jungs im Eiltempo. Sagt Ninzo: Die dürfen auf keinen Fall in die Schlucht. Stell dir vor, wenn die Bengel die Leiche sehn. Wo wollt ihr Knirpse denn hin? Sie stellt sich den Jungs in den Weg. Sagt einer von denen, der Älteste, er ist vielleicht grad mal acht: In die Schlucht. Sagt Ninzo: In der Schlucht ist eine Mine, da dürft ihr nicht hin. Sagt der Junge: Ach was, da ist keine Mine. Sagt Ninzo: Da ist sehr wohl eine Mine. Dabei beugt sie sich vor und breitet die Arme aus, als ob sie die Kinder aufhalten will. Ihr dürft nicht runter in die Schlucht. Von wegen Mine, da liegt ein Toter, sagt der Älteste und schaut mir in die Augen. Wir wollen uns die Leiche ansehn. Mir fällt nichts mehr ein, und ich schau zu Ninzo. Auch sie ist sprachlos. Der Junge schubst mich zur Seite und ruft den andern zu: Los, gehn wir. Sie hören auf ihn und werfen uns im Vorbeigehen düstere Blicke zu. Bevor auch sie weggeschubst wird, macht Ninzo von sich aus den Weg frei. Du bist kreidebleich, sagt sie ganz leise zu mir. Du auch, sag ich. Sie schreit ihnen hinterher: Begrabt sie wenigstens, ihr Bastarde. Sie hören uns nicht mehr. Ich seh grad noch, wie der Jüngste den Hang runterrennt.

Donnerstag

Könnt ihr bitte mal herkommen, ihr Lieben? Sie sind zu zweit: eine Schwangere und eine gekrümmte Frau in Schwarz. Sagt Ninzo murrend: Was wollen die denn von uns? Sagt die Frau in Schwarz: Bist du nicht Ninzo? Sagt Ninzo: Bin ich, Tante Nelly. Kommst du mal kurz her, mein Kind? Was die wohl von uns wollen, lass uns hingehn, komm schon. Sie sitzen auf einer Holzbank unter einem Baum. Beide mit gequältem Gesicht, besonders die Schwangere. Könntest du ihr bitte die Schuhe ausziehen, mein Kind?, ich kann mich nicht mehr bücken. Die Füße der Schwangeren sind dick angeschwollen. Wortlos reicht mir Ninzo den Korb und kniet sich vor der Schwangeren hin. Sagt die Frau in Schwarz: Wir waren beim Arzt. Es kann jeden Tag losgehen. Aber mit diesen Schuhen hätten wir unmöglich hingehen können. Du weißt ja, was für ein Schlamm bei uns ist. Haben sie euch durchgelassen?, fragen wir beide gleichzeitig. Sagt die Schwangere schwer atmend: Ja, als sie meinen Bauch gesehen und wir drum gebettelt haben. Dort ist ein Arzt, der mich untersucht hat. Sagt Ninzo: Die Füße sind ganz schön geschwollen. Sagt die Frau in Schwarz: Das ist normal in ihrem Zustand, das sind Ödeme. Noch dazu die Hitze. Fragt Ninzo, ohne aufzuschauen: Wann ist es denn so weit? Sagt die Schwangere: Bald. Sagt die Frau in Schwarz: Es kann jeden Moment losgehen, Kind, und sieh doch, wie elend wir dran sind. Ich weiß nicht, wo sie entbinden kann, wohin wir gehen oder an wen wir uns wenden sollen. Bei uns gibts weder einen Arzt noch sonst jemanden. Nur noch so arme Schlucker wie wir. Wer Gelegenheit hatte, ist weg und hat sich gerettet. Was kann die schon umbringen?, denen gehört die ganze Welt und das Leben auch. Aber Leute wie wir müssen hier krepieren. Sagt die Schwangere: Mutter … Mit Panik denke ich daran, dass es jeden Moment losgehen kann. Die ganze Nacht lieg ich wach und tu kein Auge zu. Wenn sie doch wenigstens diesen verdammten Korridor öffnen würden. Wenn ich sie bloß hier rausschaffen könnte ... Um mich gehts gar nicht, meine Tage sind sowieso gezählt. Sagt die Schwangere lauter: Mutter! Die Frau in Schwarz bekreuzigt sich. Großer Gott, steh uns bei. Schade um die schönen Schuhe, hier in dem Schlamm. Wir haben nur ein gutes Paar. Deshalb die Bitte, mein Liebes. Zum Arzt hätten wir unmöglich mit den schmutzigen Schuhen gehen können. Sie holt ein Paar alte Schuhe aus der Tasche und reicht sie Ninzo. Wir helfen doch gern, Tante Nelly, sagt Ninzo. Sie müht sich mit der Schnalle an dem geschwollenen Fuß ab. Komm, Zknapi, drück hier mal drauf, ich schaffs nicht allein. Sagt die Schwangere: Entschuldigung, Mädels, wir haben solchen Schlamm im Hof. Ihr habt bestimmt schon gehört, dass das Rohr geplatzt ist. Sagt Ninzo: Deshalb ist das halbe Dorf ohne Wasser. Ich muss mein Wasser auch bei ihr holen. Die Schwangere deutet mit dem Kinn auf Ninzo: Hat die einen großen Busen. Ihre selige Mutter hatte auch so einen. Ninzo schaut mich stolz an. Ich muss fast loslachen, kann mich aber grad noch beherrschen. Fragt die Frau in Schwarz: Wie alt bist du denn, Kind? Dreizehn, sagt Ninzo und schaut mich dabei an. Sagt die Frau in Schwarz: Meine Güte, du siehst aus wie achtzehn. Kannst du ihr bitte auch gleich die alten Schuhe anziehen? Die zweite Schnalle lässt sich viel leichter lösen. Ninzo hilft der Schwangeren mühelos in die alten Schuhe und steht auf. Das saubere Paar reicht sie der Alten, die sie in die Tasche steckt. Sagt Ninzo stolz: Ja, ich seh aus wie achtzehn. Sie ist auch dreizehn. Und zeigt auf mich. Sagt die Frau in Schwarz: Ach, du meine Güte, wie klein sie ist. Besonders neben dir. Ja, sie ist eben noch ein Kind, feixt Ninzo, hatte nicht mal die Regel. Die Frauen müssen lachen: Und du? Ich?, klar hab ich die Regel, schon seit einem Jahr. Sagt die Schwangere: Dann bist du ja eine richtige Frau. Sagt Ninzo zu mir: Guck nicht so, wir sind unter uns, das sind Frauensachen. Sie lachen wieder. Ninzo nimmt den Korb: Wir müssen weiter, Tante Nelly, auf Wiedersehn. Fragt die Frau in Schwarz: Wie gehts denn deiner Oma? Sagt Ninzo: Tja, schlecht. Wir drehen uns um, wollen gehen. Du pflegst sie doch, oder? Ja, Saur rührt sie nicht mehr an. Gibts etwas Neues von deinem Vater? Sagt Ninzo: Na ja, es geht ihm gut. Sie öffnen bald einen Korridor, und dann … Machs gut, Tante Nelly. Sagt die Frau in Schwarz: Ach, die arme Frau! Liegt im Sterben und hat fast keine Angehörigen um sich. Mein Gott, so ein Elend, gnade uns, lieber Gott! Gelobt sei deine Herrlichkeit, Allmächtiger! Sagt die Schwangere: Mutter. Machts gut, Mädchen, und vielen Dank. Wir gehen. Sag ich zu Ninzo: Du bist so gemein, weißt du das? Ist ja gut, Zknapi, du wirst deine Regel schon noch bekommen. Was ist denn dabei? Ich möcht ihr am liebsten eine knallen und dann weglaufen. Sie würde mich sowieso nie einholen. Das hat sie nie gekonnt. Sag ich: Können wir nicht schneller gehn? Ach stimmt, du musst ja deinen Busen mitschleppen. Das kann ich verstehn. Ninzo will was erwidern, überlegt es sich aber. Und sagt nichts mehr.

Freitag

Sagt Ninzo: Siehst du das Fenster, da passt nur du durch. Wir gehen gebückt übers Gelände und stechen Spitzwegerich aus. Du hast Glück, großes Glück. Ich sag nichts, bücke mich und stech Spitzwegerich aus. Also gut, hör zu: Wir kommen lieber vor zwölf. Kurz vor zwölf ist Schichtwechsel. Danach wirds gefährlich. Sag ich: Mussten die den Wachposten ausgerechnet neben der Apotheke aufstellen? Mir ist schlecht. Sagt Ninzo: Das Haus der Gwelesianis ist halt das größte. Oder habt ihr etwa ein größeres Haus, oder wir? Der Laden und die Apotheke gehörn auch dazu – sie rückt näher –, hör gut zu: Du gehst durch den Hinterhof, und dann kletterst du durch das Scheißklofenster. Pass auf, dass keine kaputten Scherben rumliegen. Und bleib mir bloß nicht stecken! Sie prustet los. Sag ich: Ninzo, bitte, mir ist schon total schlecht. Sagt Ninzo: Schon gut. Im Gebäude gehst du dann links, den Korridor lang. Von dort kommt man in die Apotheke. Weißt du noch, wo die Babynahrung liegt, links vom Eingang? Sag ich: Ja, das wär dann rechts von mir. Sagt Ninzo: Genau. Wird sicher noch am selben Platz liegen. Die haben sie bestimmt nicht gebraucht. Sag ich: Gehn wir jetzt? Mir ist kotzübel. Sagt Ninzo: Na schön, lass uns gehen, sonst fallen wir noch auf. Sie schaut auf ihre schmutzigen Hände. Pfui, wie meine Fingernägel aussehen, ganz voll Erde. Wir nehmen unsere Körbe und machen uns aus dem Staub. Sag ich: Ninzo, mir ist so schlecht, jetzt ist mir wirklich schlecht, ich muss mich gleich übergeben. Ninzo nimmt mir den Korb ab und zieht mich an der Hand auf einen Kindergartenhof. Warte, keine Angst, lass uns hier reingehn. Sag ich: Bleib du bitte draußen. Sagt Ninzo: Ach was, ich bleib hier, als ob ich noch nie Kotze gesehen hätte. Ninzo, geh bitte weg, flehe ich. Sagt Ninzo: Also gut, ich geh. Ich kanns nicht mehr zurückhalten und übergebe mich gleich neben der Schaukel. Etwas weiter sitzt Ninzo auf dem Boden und verliest den Spitzwegerich im Korb. Sagt sie: Und? Gehts dir jetzt besser? Wars das? Sag ich: Ein bisschen. Was hast du denn gegessen, dass du so brechen musst? Sag ich: Keine Ahnung. Ich spuck seitlich aus. Sagt Ninzo: Komm her, ich muss dir noch was sagen. Sie lässt den Korb stehn und steht auf. Sag ich: Ich würd gern was trinken. Gleich. Wo soll ich denn jetzt Wasser hernehmen? Ninzo setzt sich auf die kaputte Zweierschaukel. Warum guckst du so? Setz dich gegenüber und lass uns schaukeln. Sag ich: Ich hab mich doch grad hier übergeben. Ach, macht doch nichts, Zknapi, komm auf die Schaukel. Ich setz mich auf die andere Seite. Sagt Ninzo: Du bist ganz blass. Sie schubst die Schaukel an, und wir heben ab. Sag ich: Wenn sie bloß nicht so quietschen würde. Sagt Ninzo: Ich bin dann ganz in der Nähe und warte, dass du rauskommst. Angenommen, es passiert was, und sie sehn uns – sie schubst uns wieder an –, wer weiß, für wen oder was sie uns im Dunkeln dann halten. Sie könnten auf uns schießen, verstehst du? Wir müssen laut schrein, dass wir Kinder sind. Dann werden sie nicht auf uns schießen. Kapierst du? Sag ich: Woher weißt du, dass sie nicht auf uns schießen? Es ist Krieg. Sagt Ninzo: Sie werden nicht schießen, glaub mir. Sie wiederholt es irgendwie mit Nachdruck. Sag ich: Gib mir mal 'ne Zigarette. Wozu? Du musst bloß wieder kotzen, lass das lieber.

Gib her, jetzt brauch ich eine. Und jetzt bin ich diejenige, die die Schaukel anstößt. Sagt Ninzo: Sie werden nicht auf uns schießen. Sie gibt mir eine Zigarette. Hauptsache, sie verwechseln uns nicht mit jemand anderm. Wenn wir erwischt werden, nehmen sie uns die gestohlenen Sachen bestimmt nicht ab. Schon gar nicht, wenn es der mit den blauen Augen ist. Der kennt mich. Sag ich: Ninzo. Was ist? Und wenn wir über das Feld gehn? Sagt Ninzo: Hast du sie nicht mehr alle!? Über das Feld traut sich keiner mehr, nicht mal die Wachleute von hier. Es ist vermint, falls du dich erinnerst. Na ja, sag ich und schau dabei zur Seite, von dort wär es viel einfacher. Der Wald ist auch gleich daneben. Ninzo, sag ich, was ist, wenn sie auf uns schießen? Sie wirft die Kippe weg: Werden sie nicht, komm, lass uns gehn. Sag ich: Und wenn sie schießen? Weißt du noch, der Mann in der Schlucht? Ninzo schreit laut: Komm mir nicht wieder mit dem Kopf und dem Gehirn von dieser Leiche, ich muss gleich kotzen! Du bist ein Angsthase, weiter nichts! Ich würd ja allein reinklettern, wenn ich durchpassen würde! Ich könnte das auch ohne dich erledigen. Sag doch, wenn dus nicht packst, und wir überlegen uns was anderes. Falls euch das Kind bis dahin nicht weggestorben ist! Gehn wir, sag ich und stehe auf. Ninzos Gesicht verändert sich auf einmal. Sie sagt ganz leise: Wie winzig du bist, Zknapi. Und dann sagt sie: Jetzt kommst du mir gerade besonders winzig vor. Entschuldige bitte, ich habs vorhin nicht so gemeint.

Mittwoch

Willst du 'ne Kippe? Kwernadse sagt es zu Ninzo und schaut ihr dabei auf den Busen. Sagt Ninzo: Siehst du nicht, wir sind hier zu zweit. Wenn du welche hast, kannst du uns beiden eine anbieten. Sagt er zu mir: Willst du eine? Sag ich: Nein, wir haben schon welche. Sagt Ninzo: Aber ich will, hast du mal Feuer? Kwernadse schaut sie wieder an: Ich hab eine ganz wichtige Sache, du denkst wohl, das ist Kinderkram oder bloß so Larifari. Er gibt ihr Feuer. Ninzo holt tief Luft und blinzelt. Dann wiederholt sie: Siehst du nicht, wir sind hier zu zweit. Sagt Kwernadse, ohne mich anzuschauen: Also, ihr beide, das ist eine sehr ernste Angelegenheit. Und da musste ich an dich, das heißt, an euch beide denken. Sagt Ninzo: Kommt, lasst uns da rübergehen. Was für ein Stuss, mitten auf der Straße zu reden. Wir gehen hinters Haus. Sagt Kwernadse: Kurz und gut, das ist was Reelles. Im Ernst. Er spuckt zur Seite. Sag ich: Rück doch endlich raus damit. Sagt Kwernadse: Schau mal an, das Mäuschen. Sagt Ninzo: He, Freundchen, schön anständig! Denk ja nicht, du hättest es mit … na, mit solchen zu tun. Sagt Kwernadse: Klar, schon gut. Fragt dann: Wisst ihr noch, wer Medo war? Medo?, Mediko?, sagt Ninzo. Die Hure? Sagt Kwernadse: Genau. Sag ich: Und was, wenn wirs nicht wissen? Sagt er: Sie ist verschwunden. Staunt Ninzo: Wieso? Sie ist halt verschwunden, schon seit einer Woche, und keiner weiß, wo sie ist. Sagt Ninzo: Sicher von jemand getötet. Sagt Kwernadse: Wahrscheinlich. Wahrscheinlich ist sie getötet worden, und mir gehts jetzt beschissen. Feixt Ninzo: In welcher Hinsicht? Kwernadse zu ihr: Auch in dieser. Er drückt die Kippe mit dem Fuß in die Erde, schaut Ninzo ganz fest ins Gesicht und sagt dann leise: Aber auch wegen der Sache gehts mir beschissen, und wenn dus genau wissen willst, gehts vor allem darum. Sagt Ninzo, dabei auch die Kippe mit dem Fuß zerstampfend: Um was für eine Sache handelt sichs denn? Sag ich: Ich weiß schon, es geht um Stoff. Sagt Kwernadse: Mensch, was die alles weiß. Er nennt mich nicht mehr Mäuschen. Sagt Ninzo: Um Stoff? Sag ich: Medo hat das Zeug hin- und hertransportiert, zwischen hier und dort. So siehts aus. Sagt Kwernadse: Mensch, was die alles weiß. Sag ich: Rat mal, wie sie es rübergebracht hat. Ninzo schaut mich mit großen Augen an. Damit. Sagt Ninzo: Waaas? Sagt Kwernadse: Mädel, woher weißt du denn das alles? Sag ich: Ich hab einen Namen, Freundchen. Sagt er: Schon gut, o. k. Wiederholt Ninzo: Wieso denn damit? Sagt Kwernadse: Sie hat sich das Zeug da reingesteckt. Dann hat irgendein Bastard gesungen, und nun ist sie weg, verdammt, die war wirklich in Ordnung. Wiederholt Ninzo gedankenlos: Sie hat das Zeug damit hin- und hergetragen? Sag ich, auf Kwernadse blickend: Und was ist mit uns? Er zieht an einer neuen Kippe:

Ich hab gleich an euch gedacht, so klein, wie ihr seid, wird euch niemand verdächtigen. Sagt Ninzo: Was? Soll ich mir das Zeug auch da reinstecken? Sag ich zu ihm: Gib mir auch 'ne Kippe. Er reicht mir eine: Nein, verdammt, wieso denn reinstecken? Ich sag euch schon, wo und wie ihr das macht. So klein, wie ihr seid, wird euch niemand verdächtigen. Da steckt verdammt viel Kohle drin, im Ernst. Fragt Ninzo: Kohle? Sagt Kwernadse: Deren Währung. Wiederholt Ninzo blöde: Was soll denn das bedeuten? Sags mir. Sagt er: Du zahlst und darfst passieren. Musst nicht mehr hier krepieren. Sag ich: Warte, warte, erklär uns mal in Ruhe, was wir zu tun haben. Ich weiß ganz genau, dass bei der Sache viel Kohle drinsteckt, deren Kohle. Ich bin lang genug dabei, Medo war auch mit im Geschäft. Begreift ihr denn wenigstens, was das bedeutet? Ninzo kapiert allmählich, was Sache ist: Mal angenommen, wir sind dabei, was dann? Sagt Kwernadse: Nichts, ihr müsst das Zeug durch den Wald über die Grenze bringen. Durch den Wald? Sagt Ninzo: Gehts dir noch gut? Sag ich: Moment, durch welchen Wald? Kwernadse schüttelt den Kopf: Durch den dort, der hier ist vermint. Sag ich: Dort sind auf beiden Seiten Posten stationiert – unsere und die von denen. Darum gehts doch, man muss an beiden vorbei. Deren Stoff und unsere Käufer. Sie stehn dort, man muss direkt am Posten vorbei. Das Zeug muss bloß zu mir gelangen, ich weiß dann schon, was zu tun ist. Ninzo scheint verwirrt: Warte, wie? Ich versteh das nicht ganz. Du gehst durch den Wald auf die andere Seite, das heißt, ihr geht so, wie ich es euch erkläre. Dort ist eine alte Frau, ein Großmütterchen, ich sag euch noch, wo ihr sie findet. Dann bringt ihr mir das Zeug rüber. Hinzu geht es, aber zurück. Unsere sind nicht das Problem. Ninzo überlegt ernsthaft, an ihrer Stirn treten blaue Adern hervor: Mannomann. Sagt Kwernadse: Ihr seid noch Kinder, und die ist besonders klein – dabei schaut er auf mich –, sodass euch keiner verdächtigen wird. Falls man euch erwischt, sagt ihr: Onkel, wir sind Pilze sammeln und haben uns verlaufen. Dazu noch ein paar Tränchen. Sagt Ninzo zweifelnd: Pilze sammeln? Ja, Pilze sammeln, was ist daran so komisch? Nichts. Sag ich: Warte mal. Angenommen, wir sammeln Pilze, aber wie bringen wir das Zeug denn rüber? Er schmunzelt: Wie? Könnt ihrs denn so wie Medo? Sag ich: Sei bloß anständig. Er schaut mich an: Ihr bringt es einfach so rüber. Ihr seid noch Kinder, kein Mensch wird euch verdächtigen. Ihr seid noch Kinder, ihr seid noch Kinder – Ninzo schneidet eine Grimasse –, jetzt schau mich mal an und sag uns genau, wie wir das Zeug rüberbringen sollen. Kwernadse schaut sie wieder an. Du trägst den Stoff mit dem Korb rüber. Sagt Ninzo: Was für ein Korb? Du bist im Wald, Pilze sammeln. Warst du denn noch nie in den Pilzen? Als wenn keiner mehr in die Pilze geht. Erwischt man dich, sagst du einfach: Onkel, ich bin hungrig! Der Hunger hat mich in den Wald getrieben, und jetzt hab ich mich verlaufen. Sag ich: Gut, schon gut, angenommen, es kommt so, wird er dann nicht im Korb nachschauen? Kwernadse sieht wieder Ninzo an: Er schaut eher bei dir nach als im Korb. Im Korb sind Pilze. Die braucht er bestimmt nicht, er wird weder reinschauen noch dir die Pilze wegnehmen. Es ist ja Krieg. Was will der schon mit Pilzen, die Kinder gesammelt haben? Ninzo schaut mich an: Wieso bist du dir da so sicher? Ich blicke zu Kwernadse. Was heißt, wieso, verdammt, du hast dich verlaufen, bist hungrig, was will er denn mit deinem Korb? Außerdem bist du eine von uns, er wird dich sofort wieder gehen lassen. Ninzo blinzelt: Du hättest dich doch auch verlaufen können? Ich bin dort schon aufgefallen. Die kennen mich. Außerdem bin ich ein Junge und du ein blödes Mädchen, von dem man nie denkt, dass die sich das traut. Sagt Ninzo: Ach, komm schon. Sag ich: Um welchen Betrag handelt es sich? Sagt Kwernadse: Welcher Betrag? Frag ich ihn: Wie hoch ist er? Sagt er: Den Betrag teilen wir uns. Fragt Ninzo: Und wie hoch ist er? Kwernadse nennt den Betrag. Ninzos Augen werden immer größer. Wau! Sie schaut mich an. Ich sie ebenfalls. Wir starren uns eine Weile an. Sag ich: Einverstanden. Sagt Ninzo: Ich auch. Sagt Kwernadse: Gut so, könnt ihr morgen gleich loslegen? Ninzo schaut mich wieder an: Morgen? Sag ich: Lass uns morgen gehn, aber wir kriegen noch heute einen Korb voll Pilze und die Hälfte des Betrags morgen Abend an dieser Stelle. Dabei zünd ich mir eine Kippe an. Kwernadse zieht eine Grimasse: Seht mal her, die Kleine. Sag ich: Wo soll ich denn jetzt noch Pilze herbekommen? Ninzo schaut mich ganz stolz an: Sie hat recht. Sie schaut zu ihm und wieder zu mir: Auch, was den Betrag angeht. Na gut, wird gemacht. Kwernadse spuckt zur Seite und starrt wieder auf Ninzos Busen: Nur deinetwegen, ansonsten … Sagt Ninzo: Ach, komm schon. Sie schaut mich wieder an. Morgen Mittag kommen wir zu Datos Haus, alles andere – dort. Sagt Kwernadse: Kommst du allein? Ninzo stellt sich provozierend vor ihn hin: Wieso allein? Siehst du nicht, wir sind hier zu zweit. Sagt Kwernadse: Also gut, abgemacht. Sag ich: Die Pilze müssen noch heute beim Eingang von Datos Haus stehen. Er streift über Ninzos Wange und kneift sie dann. Ninzo, sich abwendend: He, mein Freund, hast wohl vergessen, wessen Tochter ich bin? Sagt Kwernadse: Nein, Mann, bestimmt nicht. Sagt Ninzo: Also dann, merk dir das gut. Sagt Kwernadse: Alles klar, schon gut, soll ich euch die Zigaretten dalassen? Sag ich: Gib her! Hier, nimm sie. Er gibt mir die Schachtel und schaut wieder Ninzo an: Morgen um fünf bin ich dort. Sagt Ninzo mit einem komischen Lächeln zu ihm: Und wehe, wenn nicht … Er lacht: Du bist mir eine. Sag ich: Geh schon, Freundchen, na, jetzt geh. Er lächelt Ninzo an und zwinkert ihr zu: Also morgen um fünf bin ich zur Stelle. Ninzo lächelt ihn wieder an. Sag ich, als er nicht mehr zu sehen ist: So ein sturer Mistkerl. Ich schau zu Ninzo. Sie lächelt nicht mehr, an ihrer Stirn treten die blauen Adern hervor.

Donnerstag

Ninzo macht ein sehr unglückliches Gesicht: Gib mir ein Bonbon, ich hab solchen Hunger. Sag ich: Hättest doch auch eins mitnehmen können. Ninzos Stimme wird weicher: Jetzt gib schon her. Ich hol ein Bonbon aus der Tasche und reich es ihr. Da, bitte. Ninzo schaut erst etwas verdrossen drauf, wickelt es aber dann endlich aus. Sie kichert: Iiii, auch noch eins zum Lutschen. Sag ich: Du bist unmöglich. Sagt Ninzo: Nur weil Krieg ist, sonst hätt ich das nie angerührt. Ich schau sie an, ihr Gesicht verzieht sich. Sie behält das Bonbon trotzdem im Mund und lutscht weiter. Warum die Alten bloß immer Lutschbonbons haben, wär doch besser, er hätte uns ein Schokoladenbonbon gegeben. Sag ich: Er hat uns gegeben, was er da hatte. Wir gehen eine Weile, dann sagt Ninzo: Schau mal, was ist denn mit dem Kleinen los? Vor dem Kindergarten hockt ein zierlicher Junge. Sagt Ninzo zu ihm: Was ist, Kleiner, hat der Kindergarten zu, es gibt wohl keinen Brei mehr? Er schaut sie mit weit aufgerissenen Augen an. Wiederholt Ninzo: Was ist, sag mal, was machst du denn hier? Weiß deine Mutter, wo du dich rumtreibst? Er nickt. Dann wendet er sich ab und sagt: Meine Mutter ist nicht zu Hause. Sagt Ninzo: Und wo ist sie? Sagt er: Sie ist nicht da, kommt aber bald wieder. Sag ich: Hier, für dich. Ich geb ihm die Bonbons, die wir von Alexi bekommen haben. Er nimmt sie und lässt seine Hände schnell hinterm Rücken verschwinden. Er versteckt die Bonbons. Sagt Ninzo: Junge, bedank dich doch wenigstens. Sag ich: Lass ihn. Sagt er: Danke. Fragt ihn Ninzo: Warum versteckst du sie? Wir nehmen sie dir doch nicht wieder weg. Iss sie nur, die gehören dir. Sie stellt den Korb ab und hockt sich neben ihn. Er wickelt das Bonbon aus und steckt es in den Mund. Sag ich: Schmeckts? Sagt er: Ja. Ja, es schmeckt. Fragt Ninzo wieder: Wo ist deine Mutter? Er zuckt mit den Schultern. Ich leise zu Ninzo: Weißt du, wer seine Mutter ist? Sagt Ninzo: Gogola, das ist Gogolas Junge. Sie dreht sich wieder zu ihm: Wo ist denn deine Schwester? Er sagt mit dem Lutschbonbon im Mund: Zu Hause. Fragt ihn Ninzo: Allein? Sagt er, seinen Speichel verschluckend: Ja, sie schläft. Und warum stehst du hier rum? Sagt er: Ich hab doch gesagt, sie schläft. Sagt Ninzo: Na und. Irgendwann wacht sie auf. Mach dich lieber gleich auf den Weg. Sagt er: Alles klar, ich geh ja schon. Er spuckt sich das Bonbon auf die Hand und wickelt es wieder ins Bonbonpapier, das er in der Hosentasche hatte. Ninzo schaut mich an und fragt ihn erstaunt: Was machst du denn da, Bengel? Ich werds später fertig essen, jetzt hab ich ja schon dran gelutscht. Sagt Ninzo: Du hast doch noch mehr Bonbons von uns bekommen. Sagt der Junge: Die geb ich meiner Schwester, habt ihr noch welche? Und schaut uns mit einer jämmerlichen Miene an. Sagt Ninzo: Gib sie ihm.

Sag ich: Ich hab ihm schon alle gegeben. Fragt ihn Ninzo: Wie heißt du denn? Sagt er: Giorgi. Bald haben wir sehr viele Bonbons, Giorgi, und die geben wir dir dann, hörst du? Sei nicht traurig. Er schaut uns mit zusammengekniffenen Augen an und fragt: Viele? Er kanns nicht glauben. Ja, sagt Ninzo, bald. Wenn der Krieg zu Ende ist, fehlts uns an nichts mehr. Fragt er und kneift die Augen noch fester zusammen: Der Krieg geht zu Ende? Ninzo schaut weg: Na klar geht der zu Ende, er kann doch nicht ewig dauern. Sie fasst nach dem Spitzwegerich im Korb. Sagt der Junge: Gut, danke. Er geht, ohne sich umzudrehen. Sag ich und schau dabei Ninzo an: Er glaubt es nicht. Sie starrt in den Korb voller Spitzwegerich und wühlt drin herum, ohne aufzuschauen.

Freitag

Wir liegen auf der Wiese hinter der Schule, ziehen abwechselnd an der letzten Kippe. Ninzo macht einen großen Rauchring und reicht mir die Zigarette. Sagt dann auf einmal: Zknapi, meinst du, mein Vater ist vielleicht schon tot? Sag ich: Ach was! Sagt Ninzo: Wieso zittert denn deine Hand auf einmal so? Sie schaut mich mit zusammengekniffenen Augen an. Sag ich: Wieso soll meine Hand zittern? Mehr fällt mir nicht ein. Ninzo schaut in den Himmel und sagt: Lamara liegt ja im Sterben und wimmert immerzu »Mein Junge, mein armer Junge«. Pausenlos. Ich denke … Ninzos Stimme erstickt fast. Was denkst du?, sag ich und reich ihr die Zigarette. Antwortet Ninzo: Ich denke, es kann so was sein, wie heißt das noch? Wenn man vor dem Tod plötzlich alles begreift. Sag ich: Agonie. Ja, genau. Ich denke, vielleicht ahnt sie was. Kann doch sein, dass sie was ahnt? Vielleicht ist was passiert? Sag ich: Spinn doch nicht rum. Ninzo liegt reglos da und raucht. Sagt nach einer Weile: Schau, dem ist der Krieg schnurzegal, hat ders nicht gut? Oben am Himmel kreist ein Vogel. Sag ich: Ja, der ist glücklich. Wir liegen eine ganze Weile stumm da. Dann sagt Ninzo: Wenn man ganz lang, ohne mit den Wimpern zu zucken, in den Himmel schaut, sieht man Gott. Ich schau zu ihr rüber: Und, hast du ihn gesehen? Sagt Ninzo: Nein. Sie sieht mich nicht mal an. Sag ich: Ich auch nicht. Sagt Ninzo: Kommt ein Vogel geflogen, setzt sich nieder auf mein Fuß. Sie kann kaum weitersprechen. Sag ich: Hat ein Zettel im Schnabel … Meine Stimme wird immer dünner. Fragt Ninzo: Was ist? Sag ich: Nichts. Ich spür etwas Heißes zwischen den Beinen, als ob was durcheinandergekommen ist. Ich setze mich auf. Ninzo fragt wieder: Was ist? Ich wiederhole: Nichts. Ich muss mal kurz, bin gleich wieder da. Ich geh auf das zerstörte Schulklo. Es ist passiert: Ein großer, roter Fleck in der Unterhose. Schnell geh ich wieder raus und reiß mir im Flur das untere Stück von der einzigen noch hängen gebliebenen Gardine ab. Zusammengelegt steck ich es mir gleich zwischen die Schenkel. Draußen setz ich mich wieder neben Ninzo. Sagt sie: Was ist? Und blinzelt mich mit einem Auge an. Sag ich: Nichts. Ich versuch, wegzuschauen.

Sagt Ninzo und setzt sich auf: Warum weinst du, Zknapi? Bist du verrückt? Wieso weinst du denn, Mädel, hast du etwa Angst? Du brauchst doch keine Angst zu haben, wo du so leicht bist wie ein Vogel, eben so klein wie eine Zknapi. Du gehst da rein, kommst wieder raus, und keiner merkt was. Wer soll dir denn was tun, so leicht, wie du bist? So einem Vöglein. Du bist ein Vogel, verstehst du? Ein Vogel. Ganz oben am Himmel bist du, Zknapi, ein Vogel, hoch oben im Himmel. Ninzo breitet die Arme aus: So, siehst du?, so. Sag ich nach einer Weile: Und warum heulst du? Ninzo hat sich auf den Bauch gedreht und die Hände vorm Gesicht. Sagt: Meine Augen tun weh, weil ich zu lang in den Himmel gestarrt hab. Und hält sich immer noch die Hände vors Gesicht.

Mittwoch

Sag ich: Komm mal mit rüber, zu Opa Alexi. Ninzo müde: Zu Alexi? Er hat mich um einen Gefallen gebeten. Sagt Ninzo: O. K., lass uns gehn, ich hab eh nichts zu tun. Opa Alexi sitzt am Tisch. Sag ich zu ihm: Opa Alexi, ich bins, Zknapi, ich bin gekommen. Sagt er: Zknapi? Der Tisch ist voll toter Schmetterlinge. Auch an den Wänden und um die Lampe herum liegen tote Schmetterlinge wie gesät. Zknapi, komm nur rein, mein Kind, komm schon. Ich geh rein. Ninzo mir hinterher. Setz dich mal her, hierher, sagt er. Weißt du, was ich will, warum ich dich hergebeten hab? Ach, du bist nicht allein? Wer ist denn bei dir? Ninzo betrachtet die Wände. Sagt zu ihm: Opa Alexi, ich bins, Ninzo. Sie haben aber viele Schmetterlinge. Du bist es, Ninzo? Otias Tochter? Mein liebes Kind, ich kann fast nichts mehr sehen, im Dunkeln schon gar nicht. Sagt Ninzo, um ihn zu beruhigen: Jetzt ist es so finster, dass wir auch nichts sehen. Frag ich ihn: Was wolltest du, Opa Alexi? Auf dem Tisch liegen Pfirsiche. Ninzo greift verstohlen danach. Sagt

Alexi: Nimm nur, mein Kind, nimm, die sind aus meinem Garten. Ninzo leise, mürrisch: Und dann behauptet er, dass er nichts sehen kann … Danke, sagt sie laut. Zknapi, Kind, nimm dir auch einen. Sag ich: Vielen Dank, ich möchte nicht. Sagt Ninzo: Darf ich mir dafür zwei nehmen? Ninzo nimmt sich einen zweiten Pfirsich und lässt den dritten in ihre Tasche gleiten. Dabei zwinkert sie mir zu. Sag ich: Du Blöde. Ninzo zeigt mir den Mittelfinger. Sagt Ninzo: Also, Opa Alexi, du hast aber wirklich viele Schmetterlinge, sehr, sehr viele. Sie beißt in den Pfirsich. Dabei läuft ihr der Saft an den Händen runter. Sag ich: Deshalb mag ich keine Pfirsiche. Sagt Ninzo und leckt sich die Finger ab: Da verpasst du aber eine Menge. Sie schaut immer noch auf die Schmetterlinge an den Wänden. Sagt Alexi: Dort, wo du stehst, Ninzo, mein Kind, liegt ein Gebetbuch. Bring es mal her. Ninzo schaut mich verdutzt an, nimmt das Buch und reicht es mir. Sag bloß nicht, du musst ihm draus vorlesen, ich werd noch verrückt. Sag ich: Sei leise. Sagt Opa Alexi: Dort sind noch Papier und Stift, es geht mir um dieses Gebet. Es steht da in sehr kleiner Schrift, kannst du es mir bitte in großen Buchstaben abschreiben? Ninzo atmet auf. Abschreiben geht ja noch. Ich geb ihr unter dem Tisch einen Tritt: Sei leise, er ist doch nicht taub. Fragt Ninzo: Welches Gebet, Opa Alexi? Sie verzieht ihre Lippen: Vater unser, der Du bist im Himmel … Sie schaut mich an, ich weiß schon, dass sie mich ärgern will. Sagt Alexi: Nicht das Vaterunser, mein Kind, sondern dieses Gebet für die Verstorbenen. Im Buch steht es so klein geschrieben. Ninzo hält sich das Buch vor die Nase. Ich kann es gar nicht mehr lesen. Ein Gebet für meinen Gogita. Wenn ich schon sonst nichts für ihn tun kann, lese ich wenigstens das Gebet. Ninzo schaut mich an. Sie reicht mir das Buch. Frag ich: Nur das oder auch noch andere? Nein, nur das eine, ich werde es für meinen Gogita lesen. Sagt Ninzo: Soll ich das Gebet abschreiben? Sie wischt sich die Hände am Kleid ab. Ich schreib es ab, Opa Alexi, ich hab eine bessere Handschrift. Ich reich ihr ein Blatt Papier. Gut, mein Kind, mach aber schön große Buchstaben, damit ich es gut lesen kann. Ninzo fängt an zu buchstabieren: *Gott alles Trostes, steh bei mir …* Ist das so recht, Opa Alexi? Schau mal, ist das gut? Ja, so ist es gut, so kann ichs lesen. Sag ich: Schreib mal leise. Ninzo schaut mich an und schreibt weiter. Sag ich, um das Schweigen zu brechen: Warum habt ihr so viele Schmetterlinge? Sagt er: Keine Ahnung, mein Kind, wir hatten immer schon welche, aber seit mein Gogita gefallen ist, haben sie sich vermehrt. Seitdem hab ich keine mehr getötet, ich kann sie doch nicht töten. Ninzo schaut mich wieder an. Dabei schreibt sie. Wie gehts denn eurem kleinen Waniko? Was weiß ich, meine Mutter hat keine Milch. Ich freu mich zum ersten Mal, dass sich jemand nach meinem Bruder erkundigt. Sagt Ninzo: Man redet davon, dass sie einen Korridor öffnen. Sie schaut mich wieder an und schreibt weiter. Sagt Alexi: Klar werden sie ihn öffnen, geht ja nicht anders. Hier sind ja nur noch Jugendliche und Kinder. Es kann doch nicht sein, dass ein Menschenleben in diesem Land nichts mehr wert ist. Wir sind eine Weile stumm. Alexi sitzt starr da und schaut auf die Schmetterlinge an der Wand. Ich sitze da und schaue auch auf die Schmetterlinge. Ninzo schreibt, ohne den Kopf zu heben. Hier, ich habs abgeschrieben, Opa Alexi, schau noch mal drauf. Ninzo steckt ihm das Blatt in die Hände. Alexi buchstabiert leise: *Gott alles Trostes, steh bei mir und mich durch deinen Geist regier zu deines Namens Ehre! …* Das ist gut, so kann ich es lesen. Danke, mein Kind, dank dir, nimm noch einen Pfirsich. Sagt Ninzo: Nein danke. Sie steht auf. Sag ich: Wir gehn jetzt, Opa Alexi, wolltest du noch was? Nein, mein Kind, nichts weiter. Dann sagt er: Warte, wartet mal, dort auf dem Schrank liegen Bonbons. Nehmt euch welche. Sag ich: Nein danke, Opa Alexi. Nimm doch, nimm. Sagt Ninzo: Na, nimm schon, und lass uns gehen. Sag ich: Gut, wir nehmen uns ein paar. Nehmt euch viele, nehmt alle mit. Sagt Ninzo: Wir wollen nicht mehr, danke. Draußen sagt Ninzo: Eklig, die vielen Schmetterlinge dort drin. Frag ich: Willst du ein Bonbon? Ninzo verzieht das Gesicht: Was will ich mit den alten Bonbons? Sag ich: Na gut, dann geb ich sie jemand anders. Wenn du nicht willst, kriegst du auch keine. Ich steck sie mir in die Tasche.

Donnerstag

Das Auto hält an. Ein Mann steigt aus und fragt mich: Bist du von hier, Mädchen? Sag ich: Ja. Hast denn du niemand, der auf dich aufpasst? Was läufst du hier herum? Ich war Milch holen bei Verwandten. Er schaut zum Auto. Von innen rufen sie ihm zu: Gibs ihr und komm endlich. Wessen Tochter bist du denn? Sag ich: Die Tochter von Borja Gardawadse. Warum versteckst du die Milch?, ich nehm sie dir doch nicht weg. Sagt er Richtung Auto: Sie ist Borjas Tochter. Rufen sie ihm zu: Also gut, gib ihr den Umschlag und lass uns weiterfahren. Sagt er: Es gibt drei Tote bei euch, hier die Papiere. Sag ich: Was soll ich damit? Nur nicht so ängstlich, ihr habt drei Tote im Dorf, das sind die Bescheinigungen. Kennst du Merab, Merab Gotsadse? Übergib ihm die Papiere, alles andere erledigt er, na, nimm schon. Sag ich: Gut. Er hat schmutzige Fingernägel. Wiederholt er: Gib es Merab und öffne den Umschlag nicht. Sie rufen ihm aus dem Auto zu: He, he, lass uns weiterfahren. Schau nicht so, Mädel, dein Vater ist nicht dabei. Du bist doch

Borjas Tochter, oder? Sag ich: Ja. Na also, er ist nicht dabei, es sind andere. Nicht öffnen und reinschauen, verstanden? Gib ihn direkt Merab. Die Toten gehen dich nichts an. Sag ich: Jawohl. Er setzt sich ins Auto, und sie fahren weiter. Ich steh da wie angewurzelt, bis sie außer Blickweite sind. Als ich den Umschlag in die Tasche stecke, fällt mir die Milchflasche fast aus der Hand. Ich überlege: Ich zähl meine Schritte von hier bis zu dem Baum. Bei einer geraden Zahl öffne ich den Umschlag, bei einer ungeraden nicht. Es sind einhundertachtundvierzig Schritte. Hinter dem Baum bleib ich stehn, setz mich und öffne den Umschlag. Hol die Zettel heraus, falte sie sorgfältig und leg sie einzeln vor mich hin. Eine Weile schau ich drauf, dann beginn ich abzuzählen: Ein Vöglein mit dem Ringlein rot singt leide, leide, leide. Es ist der mittlere Zettel. Den öffne ich zuerst. Dann zähl ich wieder ab und nehm den rechten. Zuletzt den linken. Ich bleib noch eine Weile da sitzen. Vor mir erstreckt sich ein weites Feld, ein endloses, weites Feld. Ein vermintes Feld. Man hört nur die Grillen zirpen, und es ist heiß. Dann fällt mir mein Brüderchen ein. Ich steh auf, nehm die Flasche und die Zettel und stapfe in entgegengesetzte Richtung zur Brücke, bevor ich nach Hause geh. Natela, Ninzos Nachbarin, läuft mir über den Weg. Ruft mir zu: Wohin gehst du denn, Mädel? Sag ich: Auf die Brücke. Was zum Teufel willst du denn auf der Brücke? Ich muss was erledigen. Was um Himmels willen hast du dort zu erledigen? Es ist bald drei, nicht dass sie jetzt bombardieren. Sag ich: Werden sie noch nicht. Woher willst du denn wissen, wann sie anfangen? Geh nach Hause und mach dich bei deiner Mutter nützlich. Tu ich doch schon, schau, ich hab Milch besorgt. Ich zeig ihr die Flasche. Was ist das für Milch? Ziegenmilch, die hab ich von Dschalagadses bekommen. Kriegt man denn davon keine Allergie? Sag ich: Keine Ahnung, wir versuchen es einfach. Sagt sie: Sie hat wohl gar keine Milch mehr, oder? Was ist das bloß für eine bedauernswerte Frau, ich weiß nicht, wer bedauernswerter ist, sie oder das Kind. Sag ich: Ja, sie hat keine Milch mehr. Ich versuch weiterzugehen. Zknapi, mein Kind, komm mal her, ich muss dir was sagen. Sie spricht leise und beugt sich etwas vor. Sag ich: Was ist? Sagt sie: Komm näher, dann sag ichs dir. Ich rück näher an sie heran. Sie flüstert: Deiner Freundin, die kaum noch in ihre Haut passt, kannst du ausrichten, dass sie sich anständiger aufführen soll. Nur weil Krieg ist, heißt es noch lange nicht, dass wir nichts mitkriegen. Sag ich: Was ist denn passiert? Ich umklammere die Milchflasche fester. Die Kinder haben es gesehen, sie treibt sich übelst bei denen da drüben herum. Wenn es sich bei den Unsrigen herumspricht, bringt man sie um! Wenn du ihre Freundin bist, dann halte sie davon ab, und wenn nicht, dann treib dich auch nicht mit ihr herum! Aber wenns ihr im Blut liegt, kannst du es ihr eh nicht ausreden. Nur dass dus weißt, ihre Mutter war auch nicht ganz koscher. Sag ich: Gut, Tante Natela, ich werds ihr sagen. Ich gehe weiter.

Freitag

Sag ich: Wie spät ists denn jetzt? Warum verspätet er sich? Als wenn wir nichts anderes zu tun hätten. Sagt Ninzo: Warts ab, er kommt schon, du hast wohl Hummeln im Hintern. Wir kommen auf die Hauptstraße. Sag ich: Nach dem, was wir gestern alles mitgemacht haben. Sagt Ninzo schnippisch: Denk einfach nicht mehr dran und basta. Sag ich: Kann sein, der kommt gar nicht. Schaut Ninzo mich an: Wie kommst du denn darauf? Wo soll er denn hin? Der taucht schon wieder auf. Ich glaub nicht, dass er so ein Schweinehund ist. Sag ich: Manchmal könnte man sich so richtig über ihn totlachen. Ninzo stimmt zu: Ja, er spielt sich als Mann auf. Frag ich: Der ist doch grad mal ein Jahr älter als wir, oder? Zwei Jahre älter, hast du vergessen, wie sie ihn letztes Jahr aus der Schule geschmissen haben? Sag ich: Nein, das weiß ich noch. Ich schau ihr in die Augen: Ich glaub, er mag dich. Ach ja? Ninzo kokett: Meinst du wirklich? Ich zuck mit den Schultern: Was weiß ich, du gefällst ja sowieso allen. Ach ja? Ninzo schaut auf ihren Busen. Sag ich:

Ja, deswegen. Sagt sie: Du Blöde, was ist schon dabei. Du wirst schon auch noch einen kriegen. Sag ich: Wozu eigentlich, ist ja nur eine Last. Und versuch dabei zu lachen, es gelingt mir aber nicht. Sagt Ninzo: Du bist bloß neidisch, weiter nichts. Neidisch? Ich werd böse: Worauf soll ich denn neidisch sein? Worauf du neidisch bist? Dass alle mich anschaun, darauf. Sag ich: Kommt drauf an, wie man dich anschaut. Ninzo wird ernst. Was meinst du damit? Sag ich: Nichts, lass gut sein. Sagt Ninzo: Du bist neidisch. Ich antworte nicht. In dem Moment kommt sie mir richtig erbärmlich vor, sie tut mir leid. Wir schweigen eine Weile. Dann halt ichs nicht mehr aus: Denk bloß nicht, dass die Leute blind sind, nur weil Krieg ist. Sie läuft puterrot an. Du bist ja nur neidisch, weiter nichts, du Neidische! Gleich fängt sie an zu heulen. Ich weiß ganz genau, dass sies niemals zugeben wird. Dabei tut sie mir leid, wirklich leid. Wir schweigen, keiner sagt ein Wort. Ganz still sitzen wir vor dem halb zerstörten Buchladen mit den eingeschlagenen Fensterscheiben. Kwernadse ist nicht in Sicht. Ich fang an, mit einem Stock auf dem sandigen Weg zu zeichnen. Ninzo holt ihren Nagellack aus der Tasche und malt sich die Fingernägel an. Dabei schaut sie kein einziges Mal auf und sagt kein Wort. Ich male und wisch es mit dem Fuß wieder weg, male und wisch es wieder weg. Faucht sie mich an: Kannst du nicht aufhörn, im Staub rumzuwühlen? Ich sag nichts mehr. Ein paar Jungs rennen an uns vorbei. Der eine schleppt ein Katzenjunges und lässt es schrecklich jaulen. Schreit ihn Ninzo an: Lass die Katze in Ruh, du Bastard! Sie bleiben stehn. Ninzo rappelt sich auf: Was hast du mit der Katze vor, warum quälst du sie so? Sagt einer: Sie ist krank. Sagt der andere: Sie ist krank, wir haben sie in der Schlucht gefunden. Ich steh auch auf und sag: Völlig egal, lasst sie los, was wollt ihr mit der Katze? Sagt der Zweite: Was willst du denn? Ninzo schreit sie wieder an: Was machst du erst mit zwanzig, wenn du schon als Zehnjähriger solche Sachen anstellst? Los, gib die Katze her. Sagt der Junge mit dem Kätzchen in der Hand: Du kannst mich mal. Er ist ganz verdreckt und hat böse Augen. Ich sag doch, gib die Katze her. Sagt er: Hau ab, Mädel. Schreit Ninzo ganz laut: Jetzt schau dir mal den an, gib sofort die Katze her, du Bastard. Brüllt er: Fass mich nicht an, Mädel. Er versucht abzuhauen. Ninzo schnappt ihn am Kragen und reißt ihm das jaulende Kätzchen aus der Hand. Der Junge tritt nach ihr. Ninzo wehrt ab. Schreit er: Ninzo, du Lutsche! Schreit auch der andere: Ninzo, du Lutsche!, und rennt Hals über Kopf davon. Sagt der andere: Denkst wohl, dass ich nichts weiß? Ich hab dich gesehen. Ich hab mit eigenen Augen gesehn, was du mit dem Mann am Wachposten gemacht hast. Ninzo lässt ihn schlagartig los, tritt zurück. Du Schlampe!, schreit er und spuckt sie an. Ich schau zu Ninzo. Sie ist kreidebleich. Schrei ich aus vollem Hals: Was sagst du da, Junge?! Er will davonlaufen, aber ich halt ihn fest. Wiederhole, was du gesagt hast, Junge! Als er sich umdreht, verpass ich ihm einen Tritt. Er sackt zusammen, steht auf den Knien. Ich tret ihm noch mal mit voller Kraft in den Rücken. Was sagst du da, Junge? Wiederhol es! Er fällt mit dem Gesicht auf den Boden. Ich beug mich nieder und dreh ihn um. Schrei ich aus vollem Hals: Wiederhol es, du Bastard! Er hat Flecken von Staub und Tränen im Gesicht. Seine Stirn blutet. Wiederhol es! Er brüllt nur los und hält sich dabei das Gesicht zu. Ich aus vollem Hals: Wiederhol es, wiederhol es. Jetzt tret ich ihm mit voller Wucht ins Gesicht. Seine Nase blutet stark. Er krümmt sich noch mehr. Ninzo aus Leibeskräften: Zknapi! Dass sie auch da ist, hab ich schon ganz vergessen. Sie umklammert mich von hinten, hält meine Hände fest: Lass ihn, lass ihn, du bringst ihn noch um! Ich werd ihn umbringen, schrei ich aus vollem Hals: Ich bring ihn um! Ich bring ihn um! Lass ihn gehn, siehst du nicht, wie du ihn zugerichtet hast? Lass mich los! Lass mich doch los! Meine Stimme wird immer dünner: Ich bring ihn um! Ninzo hält mich mit voller Kraft von hinten fest: Du kannst ihn doch nicht umbringen, er ist noch ein Kind. Er nützt die Gelegenheit, hebt mit Mühe den blutüberströmten Kopf, steht wankend auf und rennt davon. Kreisch ich ihm hinterher: Ich bring ihn um! Ninzo stellt mir das Bein. Wir fallen beide hin. Schreit er uns schon von Weitem zu: Das werdet ihr büßen, ihr Schlampen, verdammte Schlampen! Ich kann nur noch seinen Rücken sehn. Im Mund spür ich den Geschmack von Blut und Staub. Ich halt mir das Gesicht zu.

Donnerstag

Sag ich: Tante Melano, ich komm die Milch abholen. Sie steckt ihren Kopf aus dem Tor. Fragt: Hast du eine Flasche dabei? Ich reich ihr die Flasche: Ja, hier ist sie. Warte hier auf mich, ich bring sie sofort. Ich warte vor dem Tor. Sie rennt ins Haus, irgendein Lärm dringt heraus, eine Art Gebrüll. Ich kann nicht verstehen, wer das ist. Sicher ihr Mann. Er ist schwerbehindert, ein Krüppel. Seinen Fuß hat er im vorigen Krieg verloren. An den vorigen Krieg kann ich mich nicht entsinnen. Obwohl ich damals noch klein war, kann ich mich nur noch dran erinnern, dass ich einen Krüppel gesehen hab. Das weiß ich noch. Ich hab es mal Ninzo erzählt. Sie hat mich ausgelacht, dann aber zugegeben, dass sie auch Angst vor Krüppeln hat. Melano kommt bald wieder heraus und reicht mir die Milchflasche. Aus dem Haus ist wieder Geschrei zu hören. Schaut Melano zurück und sagt: Feuer und Asche dir! Ich sag nichts, nehm ihr stumm die Flasche ab. Wie gehts ihr? Hat sie denn gar keine Milch mehr? Sag ich: Nein. Sagt sie: Die Ziegenmilch ist gut, vielleicht kann sie das Kind damit füttern. Ich hab alle meine Kinder damit großgezogen. Ich zuck mit den Schultern. Dabei hatte sie bei dir so viel Milch, dass sie noch die Kinder von Kalgareteli gestillt hat, alle beide. Aber jetzt im Krieg gibts weder Milch noch sonst was. Staunst du nicht auch, dass wir immer noch am Leben sind? Sag ich: Ja, ich staune. Mädel, gib ihr viel Tee zu trinken, brüh ihn ihr selbst und flöß ihn ihr ein. Hast du verstanden? Sag ich: Sie trinkt keinen Tee. Kaum hat sie was getrunken, muss sie brechen. Sagt sie: Meine Güte, warum müssen in dieser Stadt alle brechen? Sag ich: Also gut, Tante Melano, vielen Dank. Ich dreh mich um, da brüllt Melanos Mann: Fickt eure Mutter! Fickt euch alle! Er steht auf dem Balkon, stützt sich mit einer Hand am Geländer ab und hält in der anderen ein Maschinengewehr. Brüllt er wieder: Fick sie alle, wenn Krieg ist, soll Krieg sein! Er schießt in den Himmel. Hilfe!, schreit Melano aus Leibeskräften: Helft uns! Sie legt sich auf den Boden und hält sich die Hände über den Kopf. Komm runter, Zknapi, mein Kind, leg dich hin! Ich schaff es nicht mal, mich zu fürchten. Das Einzige, an was ich denke, ist die Milchflasche.

Anstatt mich bäuchlings niederzuwerfen und den Kopf zu bedecken, leg ich mich auf den Rücken und drück mir die Flasche an die Brust. Brüllt Melanos Mann: Wenn ihr nicht schießt, schieße ich, fickt eure Mutter! Er schießt eine weitere Salve in den Himmel. Schreit Melano wieder laut: Hilfe! Ich seh, wie sie aufsteht und geduckt ins Haus geht. Genauso geduckt rennt sie die Stufen rauf. Wenn ihr nicht auf mich schießen wollt, werd ich eben schießen. Ihr wollt Krieg? Dann bekommt ihr Krieg, fickt eure Mutter! Mit einer Hand stützt er sich immer noch aufs Terrassengeländer, mit der anderen schwenkt er das Maschinengewehr in der Luft herum. Er gleicht einer Vogelscheuche. Sieht nicht, wie sich Melano von hinten anschleicht und ihm einen Stoß verpasst. Augenblicklich kippt er über das Geländer und hält sich noch mit einem Arm fest. Das Maschinengewehr lässt er fallen. Schreit ihn Melano an: Zum Teufel mit dir! Bevor ich aufsteh und das Tor hinter mir zuzieh, seh ich noch, wie ihm Melano wieder hochhilft. Dabei weint er laut, wie ein Kind.

Freitag

Sagt Ninzo: Deine Lippe ist aufgeplatzt, leg dir das drauf. Sie reicht mir ein feuchtes Papiertaschentuch. Frag ich unter Tränen: Sag mir, Ninzo, sag mir eins, hat er die Wahrheit gesagt? Ninzo schaut an mir vorbei: Leg dir das drauf, sonst schwillt sie an. Ich, schon heulend: Sag es mir! Sag es mir. Nein!, sagt Ninzo. Sag ich: Schwör es. Ich sag doch Nein, du kannst es glauben oder auch nicht. Schluchze ich: Sags mir, Ninzo! Sag es mir. Ich bin immer noch deine Freundin. Ninzos Gesicht verändert sich: Ich sag doch nein, nein und noch mal nein! Sie reißt mir das Taschentuch aus der Hand, beugt sich vor zum kaputten Wasserrohr und feuchtet es an. Sag ich: Na gut. Ich bin so oder so deine Freundin, Ninzo. Sie dreht sich um. Sagt: Leg dir das drauf, du musst die Stelle kühlen, sonst schwillt sie an. Oder willst du deiner Mutter wieder Märchen erzählen? Sag ich: Es wird ihr überhaupt nicht auffallen, sie merkt sowieso nichts mehr. Komm, wir gehn. Sagt Ninzo: Warte. Sie macht ihre Hände nass und wischt mir das Gesicht ab. Du bist schmutzig, dir klebt noch der ganze Staub im Gesicht. Sie macht sich wieder die Hände nass und wischt mir nochmal das Gesicht ab. Als sie mich berührt, schau ich ihr in die Augen. Sie schaut weg. Sag ich, Tränen schluckend: Ninzo. Sie, ohne mich anzuschauen: Was ist? Ich werd niemand sagen, was am Wachposten passiert ist. Ninzo kehrt mir den Rücken zu, geht zum Rohr, macht sich die Hände feucht und fährt sich damit durch die Haare. Frag ich beim Aufstehen: Und das Kätzchen? Dreht Ninzo sich um und sagt: Als wir hingefallen sind, ist es weggerannt. Sag ich: Macht nichts, es war sowieso ganz verlaust.

Donnerstag

Der Mann riecht ziemlich streng. Sagt Ninzo: Wir haben Hunger, Onkel, deshalb sind wir Pilze sammeln. Ich bin nicht dein Onkel! Er hat einen sehr strengen Geruch. Wiederholt Ninzo sinnlos: Entschuldigung, Onkel. Ich schubse sie: Ninzo! Sie schaut mich an. Sie hat weit aufgerissene Augen. Ich auch. Bestimmt. Ich drück ihre Hand in meiner. Sagt der Mann: Ruhe! Ihr redet nur, wenn ihr gefragt werdet! Sagt der zweite Mann: Nun erzähl uns mal, wie alt du bist. Er trägt eine andere Uniform. Dann öffnet er die Tür, die Schranktür. Sagt zum Ersten: He, willst du was? Sagt dieser: Bloß nicht, es verbrennt mir die Kehle. Wiederholt der Zweite: Ich hab dich gefragt, wie alt du bist. Sagt Ninzo: Dreizehn. Sie sagt es mit Mühe. Und du, Mädchen? Sag ich: Ich auch, ich bin auch dreizehn. Du auch? Sagt ihm Ninzo: Wir sind in derselben Klasse. Sagt der erste Mann: Wisst ihr in eurem Alter denn nicht, wo man herumlaufen darf? Wisst ihr nicht, was hier los ist? Nein? Schreit er los: Was für Pilze? Verdammt, was für Pilze!? Sagt der zweite Uniformierte: Reg dich doch nicht auf. Sagt dieser: Scheiße, was für Pilze!? Keiner weiß, wann sie uns angreifen. Er steht auf: Gib mal her, lass mich mal trinken, verdammte Scheiße. Was für Pilze, Mann, was denn für Pilze? Unser Korb steht am Boden. Er tritt ihn um. Ninzo drückt meine Hand fester zusammen. Sag ich: Das wussten wir nicht, zu Hause sind alle hungrig. Auch mein kleiner Bruder. Ihrer Oma gehts schlecht, sie hat auch Hunger. Wir haben lang überlegt und sind dann Pilze sammeln gegangen. Bei uns gibts keine mehr, die sind schon alle weg. Und die hiesigen Wege kennen wir nicht, haben uns wohl verlaufen. Sagt der Mann: Du schon, aber die hier sieht gar nicht verhungert aus. Er schaut auf Ninzos Busen. Sie zieht ihre Schultern hoch. Der zweite Uniformierte hebt das Glas zum Mund und tritt wieder gegen den Korb: Aber die Pilze hier sehen nicht gerade frisch aus. Ninzo drückt meine Hand, meine Fingernägel bohren sich in ihre Handfläche. Fragt der andere: Wurde der schon genauer untersucht? Ja, sagt der Zweite, sie haben nichts. Was kann so ein verlaustes Gör schon haben? Pilze, sagt der erste Uniformierte und trinkt das Glas in einem Zug aus. Pilze. Das hier ist kein Kindergarten und auch nicht die Schule. Hier ist Krieg. Ihr vergesst wohl, dass Krieg ist. Es ist Krieg. Sag ich: Ja, das wissen wir, mein Vater ist im Krieg, ihrer auch. Sagt der Zweite: Dein Vater? Wie heißt du? Wer seid ihr überhaupt? Wie heißt ihr? Sag ich: Ich bin Ketewan Gardawadse, Borja Gardawadses Tochter. Sagt Ninzo: Ninzo Rogawa. Dabei lässt sie meine Hand etwas locker. Schaut der eine Uniformierte auf den Zweiten: Rogawa? Sagt Ninzo: Jawohl. Sagt der Zweite, die Augen rollend: Vornamen haben sie schon wie die Heiligen. Der eine Uniformierte schaut den Zweiten wieder an: Bist du mit Otia Rogawa verwandt? Sagt Ninzo und lässt meine Hand fast los: Ich bin seine Tochter. Jetzt sehn sich die beiden an: Die Tochter? Ich drücke Ninzos Hand, jetzt drück ich ihre. Ninzo hat nasse und kalte Hände. Sie sehen mich an, dann wieder Ninzo. Der Uniformierte wiederholt: Seine Tochter? Ninzo lässt mich los und schaut mich an. Sag ich: Ninzo. Ich kann kaum noch sprechen. Ninzo schaut mich an, dann die Wachposten und schubst mich leicht mit dem

Ellbogen: Was, was? Was ist denn los? Warum schaust du mich so an, Onkel? Sagt der Uniformierte etwas fassungslos: Wie schau ich denn? Ninzos Stimme wird immer dünner: Du schaust mich irgendwie an. Warum hast du das gesagt? Du guckst aber komisch! Ist was mit meinem Vater? Was denn? Ist ihm was passiert, wovon ich nichts weiß? Sie schauen sich wieder an, und plötzlich: Aaaaaaaaaaaaaaaaaaaaa, sagt Ninzo, aaaaaaaaaaaaaaaaa, und fällt vom Stuhl, mit dem Gesicht direkt auf den Boden. Verdammte Scheiße, sagt der Uniformierte: Verdammt, halt ihr den Mund auf. Sagt ihm der Zweite: Hilf mir doch, hilf, ihr den Mund aufzumachen, halt ihre Füße fest, Kacke, wir brauchen Wasser. Er setzt sich auf Ninzos Füße, und der Uniformierte hält ihr den Kiefer. Sagt zu mir: Wasser! Wasser, schnell! Verdammt, draußen, vor der Tür! Draußen vor der Tür steht ein dreckiger Eimer. Ich nehm ihn. Sagt der Uniformierte: Was glotzt du mich so an, los, mach schon! Ich gieß ihr das Wasser über. Sagt Ninzo: Ach! Sie atmet auf. Sagt der Zweite: So eine Scheiße. Er macht einen Schritt weg von Ninzo und setzt sich auf den Boden.

Ninzo sagt: Ach! Sie spuckt zur Seite. Ich stell den Eimer ab und sag: Sie hat Epilepsie, das kommt ab und zu vor. Sagt der Uniformierte: Scheiße, fehlt bloß noch, dass sie stirbt. Ninzo richtet sich auf, kommt auf die Knie, sie ist ganz nass. Auch die Haare. Sagt der Uniformierte: Jetzt haut ab, aber ganz schnell ab mit euch! Er schubst Ninzo: Los, steh auf! Sie steht auf. Jetzt geht endlich und lasst euch bloß nicht mehr hier blicken! Ninzo zeigt verstohlen auf den Korb und öffnet die Tür. Ich nehm den Korb, sie dreht sich um, will was sagen. Schreit der Uniformierte: Haut endlich ab! Er nimmt einen Schluck direkt aus der Flasche. Sag ich: Danke schön und auf Wiedersehn!, und zieh die Tür hinter mir zu. Wir machen, dass wir wegkommen. Sagt Ninzo: Ich glaub, jetzt sind wir in Sicherheit. Ich bin ganz nass. Ich antworte nicht. Wir laufen sehr schnell. Unterwegs begegnen wir keinem mehr. Wir gehn durch den Wald, die Wege entlang. Sagt Ninzo nach einer Weile: He Zknapi, warte. Ich bleib stehn. Stell den Korb ab. Ninzo stülpt ihn um, wirft die Pilze weg. Dann klappt sie den Boden hoch, holt das Zeug raus und steckt es sich in den BH. Die Pilze tritt sie mit dem Fuß auseinander. Sagt sie: Das fressen die Wildschweine und das – wer weiß wer, dabei wirft sie den Korb weg. Sie kichert: Wenn du einen BH tragen würdest, kämst du auch zu der Ehre. Sag ich: Ach was – und setz mich grad an der Stelle hin –, ich bin müde, können wir nicht noch ein bisschen bleiben? Sagt Ninzo: Gut, lass uns bleiben. Sie tastet ihren BH ab, legt sich auf den Boden und streckt die Beine aus: Na Zknapi, hab ich das nicht toll hingekriegt? War ich nicht richtig spitze? Sag ich: Jaja, warst du. Sagt Ninzo mit zufriedener Miene: Gibs zu! Sag ich: Ja, ich gebs zu. Wir sagen eine Weile kein Wort. Sagt Ninzo kurz darauf: He Zknapi, was ist eigentlich Epilepsie? Sag ich: Nichts, scheiß drauf. Wir sind wieder still. Sagt Ninzo und richtet sich auf: Solche blöden Arschlöcher! Dass sie uns das abgenommen haben … Ich sag nichts. Sagt Ninzo eine ganze Zeit später: Mein Vater ist allmächtig. Was kann den schon umbringen? Sag ich: Hätten wir bloß eine Zigarette … Ich leg mich auch auf den Boden und schließ die Augen.

Freitag

Mutter sagt: Schau, es hat Ausschlag bekommen, schau doch, wie es aussieht, es ist fast am Husten erstickt. Schau, wie es aussieht, Zknapi, es ist fast erstickt, in meinem Arm, einfach so. Liebes, schau doch, schau. Sag ich: Mami, weine nicht. Siehst du, es lebt noch, es atmet. Weine nicht, sonst wacht es wieder auf. Wenn es aufwacht, weint es wieder, dann erschieß mich doch, bitte, erschieß mich einfach, wenn du willst auch das Kind, erschieß uns alle beide. Sag ich: Mami, wein doch nicht, du weckst es noch auf. Warum gehst du so krumm? Hast du solche Schmerzen? Sagt sie: Ja, es hängt mir den ganzen Tag an der Brust, schau, wie ich aussehe. Ihre Brustwarzen haben sich noch schlimmer entzündet. Sag ich: Die sind ja ganz hart. Ich schmier dir Salbe drauf. Sie widerspricht mir nicht. Ich zieh ihr Kleid herunter und streich ihr die Salbe auf die Brust. Frag ich: Brennt das? Sie schüttelt den Kopf, Tränen fließen und fließen über ihre Wangen. Ganz ruhig, Mami, ich schmier dir jetzt Salbe drauf, und dann wird es besser, du wirst schon sehen, es geht dir gleich viel besser. Ich knöpf ihr das Kleid wieder zu. Komm, schlaf jetzt, komm, du musst auch mal schlafen. Sie folgt mir, legt sich neben dem Kind hin. Dann sagt sie sehr ruhig: Wenn es stirbt, nimm es mir nicht aus dem Arm. Hast du gehört? Dann soll es mit mir zusammen sterben. Sag ich: Der Tee ist fertig. Ich bring ihn dir. Sagt sie lauter: Nimm das weg! Trink, Mutter, trink, vielleicht gehts dir dann besser. Sagt sie: Stell das Glas weg. Sag ich: Na gut, ich stell dir den Tee auf den Tisch, dann kannst du trinken, wenn du willst. Ich steh auf. Sagt sie: Wohin gehst du jetzt noch so spät? Sie hebt den Kopf. Sag ich: Ich bin bald wieder zurück. Wo steckst du bloß den ganzen Tag? Wenn ich nur wüsste, wo du dich herumtreibst. Hängst sicher den ganzen Tag mit der da herum, mit der, die ohne Mutter aufgewachsen ist, oder? Muss denn jeder gleich wissen, dass du auch niemand hast, der auf dich aufpasst? Eine Waise bist du. Sag ich: Trink deinen Tee. Wiederholt sie: Eine Waise, wen hast du schon, niemanden, weder Mutter noch Vater noch sonst wen. Nur einen Säugling als Bruder. Einen Bruder hast du, doch der stirbt dir bald weg. Ach, wenn er bloß sterben würde, wenn wir bloß alle sterben würden, alle sterben würden. Wenn ich bloß meine Augen schließen und nicht mehr aufwachen könnte, mein Gott, wenn wir bloß nicht mehr wären. Sie fliegen und fliegen, können sie nicht mal eine Bombe abwerfen und Schluss machen mit uns allen? Sag ich: Mutter, Mutter, du weckst ihn auf! Sie wiederholt: Sollen sie doch Schluss machen mit uns. Und steckt den Kopf ins Kissen. Ich setz mich aufs Bett. Sagt Mutter: Verflucht sei dein Vater, dass er uns hier allein hat sitzenlassen. Ich sag nichts mehr, leg mich zu ihr, umarme sie von hinten und drück sie fest an mich. Wenn ich nur wüsste, ob er lebt oder nicht, und wann er zurückkommt. Sag ich: Er lebt, Mami. Ich schmieg mich fester an sie. Sie haben die Liste der Toten gebracht. Er ist nicht dabei. Sagt sie leise: Sag, wozu brauch ich ihn lebend, wenn mir das Kind wegstirbt? Es stirbt nicht, Mami, du wirst sehen, bald wird alles wieder gut. Du wirst schon sehen, wie gut alles sein wird. Mein Kopf versinkt in ihrem Haar. Sie hat irgendeinen anderen Geruch. Ich bleib so lang bei ihr liegen, bis sie eingeschlafen ist. Mein Bruder

schläft auch. Er sieht einem kleinen verschrumpelten Spielzeug ähnlich. Ich steh leise auf, such die Taschenlampe, trink ein wenig vom kalten Tee und zieh die Tür hinter mir zu.
So ein langer Tag.

Donnerstag

Sagt Khatuna: Was hast du? Sie schaut mich gar nicht richtig an, zündet ein Streichholz an. Sag ich: Was soll ich denn haben? Du bist ganz bleich, siehst aus wie geprügelt. Sag ich: Ach, ich bin einfach müde. Wie willst du das anzünden ohne Öl? Sagt Khatuna: Feuer und Öl wünsch ich allen, die diesen Krieg angezettelt haben. Wo soll ich denn Öl hernehmen? Ich verbrenne zuerst die Hefte und schmeiß dann die Lumpen drauf. Frag ich: Was sind das für Hefte? Ich tret gegen das Zeug, das am Boden liegt. Das sind alte Hefte, von mir und meinem Bruder, auch Zeichnungen von uns. Ihre Mutter kommt aus dem Haus: Das hier kannst du auch noch verbrennen, Khatuna.

Sie wirft neue Sachen auf den Boden. Sag ich: Guten Tag, Tante Mediko. Sagt sie: Gott segne dich, mein Kind. Sagt Khatuna: Na siehst du, es brennt. Ihre Augen leuchten sonderbar. Ich kauer mich nieder und schau mir Khatunas Hefte an. Es sind Zeichnungen und alte Schulhefte. Von ihr und ihrem Bruder. Ich zieh ein Zeichenheft heraus, frag: Warum verbrennst du das? Sie fragt zurück: Wozu brauch ichs denn noch? Ihre Augen glühen, ihr Gesicht ist grell beleuchtet vom Feuer. Sag ich: Was weiß ich. Sie nimmt ein paar Hefte und wirft sie ins Feuer, obendrauf die anderen Lumpen. Frag ich sie: Kann ich mir eins nehmen? Es ist ein rosa Zeichenheft. Darin sind sehr schöne Blumen mit Acrylfarben gemalt. Sagt Khatuna: Was willst du damit? Sie schaut nicht mal drauf. Sag ich: Es gefällt mir einfach. Na schön, dann nimm es. Du kannst es haben. Sag ich: Danke. Wirf die Blätter einzeln ins Feuer, ich bin gleich wieder da. Ich nicke: Gut. Dass das Feuer ja nicht ausgeht. Sie geht ins Haus. Ich reiß die Seiten eine nach der andern aus dem Heft und schmeiß sie ins Feuer. Manche sind leer, manche bemalt. Was habt ihr denn da für ein Feuer gemacht? Das ist

Lia, Khatunas Nachbarin. Sag ich: Was weiß ich, Khatuna und ihre Mutter verbrennen irgendwelches Zeug. Was verbrennen sie denn? Sie bückt sich und wühlt in den Sachen am Boden herum. Verbrennt sie die Sachen von ihrem Vater? Sag ich: Keine Ahnung, sie verbrennt auch Hefte. Sagt Lia: Jetzt sind sie wirklich übergeschnappt. Was verbrennst du denn da? Khatuna tritt aus dem Hof: Was du siehst. Sie wirft neue Sachen auf die Erde. Seid ihr verrückt geworden? Sagt Khatuna: Was willst du denn, Tante Lia? Das sind meine Sachen, und ich entscheide, ob ich sie verbrenne oder sonst was damit mache. Wieso deine Sachen, das hier gehört deinem Vater. Und das deinem Bruder. Sagt Khatuna: Mein Vater ist tot, mein Bruder auch. Sagt Lia: Ach du meine Güte, habt ihr nichts anderes zu tun, mitten im Krieg? Khatuna starrt ins Feuer und sagt nichts mehr. Ihre großen, schwarzen Augen funkeln. Fragt Lia: Wo ist deine Mutter? Ruft Tante Mediko: Hier bin ich. Sie kommt wie ein Geist aus dem Hof heraus. Bist du denn auch verrückt geworden? Ich verbrenne nur Sachen von meinem Mann und meinem Sohn, seit wann ist das verboten? Warum verbrennst du das Zeug? Du hättest es auch jemand geben können, der es nötig hat. Ich könnte es in die Kirche mitnehmen. Wer soll es denn nötiger haben als wir? Khatuna wirft ihr einen zornigen Blick zu. Sagt Mediko: Ich bring es einfach nicht übers Herz, jemand anders in den Sachen meines Sohnes zu sehen. Das geht einfach nicht. Sagt Lia: Na gut, meine Lieben, wie ihr wollt. Dann verbrennt ihr die Sachen halt und basta. Was kümmerts mich. Wieso steh ich eigentlich noch hier herum? Sagt Mediko, als wenn sie sich rechtfertigen will: Es sind auch noch Sachen von meinen Schwiegereltern im Haus. Wir hatten vier Tote hier, und ich stolpere andauernd über ihre Sachen, mein Gott, ich kann nicht mehr. Deshalb verbrenn ich das ganze Zeug. Zischt Lia ihr zu: Wie du willst, liebste Mediko, lass dich bloß nicht von Merab erwischen. Er macht euch fertig. Sie hat keine zwei Schritte getan, da bleibt ein Auto stehen, und ein Mann steckt seinen Kopf heraus. Das ist Gotsadse: Was habt ihr denn hier für ein Lagerfeuer? Sagt Mediko: Ich verbrenne Sachen. Khatuna schaut ihn gar nicht an. Ohne aufzublicken, wirft sie weiter herausgerissene Heftseiten ins Feuer. Sagt Gotsadse zu ihr: Wer hat dir denn gestattet, hier mit dem Feuer rumzulodern? Sagt Mediko wütend durch die Zähne: Ich lodere doch nur vor meinem Hof herum, und sonst nirgends. Brüllt Gotsadse sie an: Siehst du denn nicht, dass Krieg ist, Weib?! Sie sind gleich hier, nebenan, und du hast nichts anderes zu tun? Was soll ich denn machen, die Hände in den Schoß legen und warten, bis sie uns erschießen? Soll ich dir wegen dem Feuer einen Strafzettel verpassen? Er ist außer sich, hat ganz blaue Lippen. Sagt Mediko: Nur zu, ich kann ihn eh nicht bezahlen. Sagt Gotsadse: Pfui, ich könnte euch … So ein Gesindel! Er fährt weiter. Sagt Mediko: Mein Gott, warum trifft es nie jemand wie ihn, wo es schon meinen Mann und Sohn getroffen hat. Sie zieht einen alten Mantel aus dem Haufen am Boden und wirft ihn ins Feuer. Sagt Khatuna: Es dämmert schon, wir müssen bald Schluss machen. Komm doch, Zknapi, wirf noch ein paar Sachen ins Feuer. Sag ich: Und wie willst dus dann löschen? Ich werd das Feuer schon irgendwie auskriegen, komm, wirf das Zeug drauf. Sagt Tebro: Was wollte denn dieser Idiot? Wir haben sie gar nicht kommen sehn. Khatuna mustert sie: Wer, Gotsadse? Gar nichts. Sagt Mediko: Er wollte wissen, warum wir Feuer gemacht haben. Fragt Tebro: Was verbrennt ihr denn da? Sag ich: Sachen. Und Hefte auch. Sagt Tebro: Und wieso verbrennt ihr das? Sie kniet sich grad neben uns hin. Noch ein, zwei Tage, und die vernichten uns sowieso. Sagt Khatuna: Solange wir nicht selbst verbrannt sind, verbrennen wir eben das Zeug. Sie geht ins Haus. Sagt Tebro: Zeig mal her, was sie da verbrennen. Sie reißt mir das T-Shirt aus der Hand. Schau, was sie da verbrennen. Ihre Stimme wankt. Sag ich: Was ist? Ihre Stimme wird immer dünner: Das ist Michikos T-Shirt. Gib das her, solang sie noch drin sind und niemand was mitkriegt. Sie legt sich das T-Shirt über den Korb. Als ich sie anschau, seh ich, dass ihre Augen voller Tränen sind. Sie merkt es. Fragt, ohne mich anzuschauen: Willst du eine Pflaume? Ich hab welche im Korb, aus dem Garten. Sag ich: Nein, ich möchte keine. Sie steht auf: Na schön, ich geh jetzt, machts gut. Sagt Khatuna zu ihr: Du gehst schon? Sie kommt gerade aus dem Hof mit einem Krug Wasser in der Hand. Nur noch ein bisschen, dann lösch ich das Feuer. Sagt Tebro: Ja, ich muss los, Gott segne euch. Sie geht eilig davon. Hast du die Hefte verbrannt? Sag ich: Ja, ich hab sie alle verbrannt. Sagt sie zu mir: Bist ein gutes Mädchen. Sie kniet sich nieder. Sag ich: Khatuna, he, was ist? Sie starrt ins Feuer. Sie ist ganz eingehüllt in schwarzen Sachen, hat Augenringe, und aus ihrem mageren Gesicht tritt die Nase scharf hervor. Wie bei irgend so einem Vogel. Tebro hat deinen Bruder geliebt, oder? Woher weißt du das? Sie schaut mich an. Sag ich: Was weiß ich. Die großen Mädchen haben mal getuschelt, und ich habs gehört, daran kann ich mich erinnern. Khatuna lacht: Die großen Mädchen. Dann sagt sie: Mein Gott, wann nimmt das alles mal ein Ende? Eine Weile sagen wir kein Wort. Schauen bloß ins Feuer. Es wird dunkel. Jemand brüllt: Sei gegrüßt, Khatuna! Sagt Khatuna: Mist, kann man denn nicht mal was machen, ohne von tausend Leuten umlagert zu werden? Dann sehen wir erst, wer es ist. Werana, der Säufer. Er wankt, kann sich kaum auf den Beinen halten: Fastnachtsfeuer! Fastnachtsfeuer! Sagt Khatuna: Pfui Teufel, hau ab, du stinkst nach Wodka. Nur in Liebe und Einvernehmen, liebste Khatuna. Faucht ihn Khatuna an: Hau ab! Da sieht er mich: Wer bist du denn, kleines Mädchen? Sag ich: Ich bin Zknapi. Sagt er: Zknapi, und schaut mich mit gläsernen Augen an. Sag ich: Zknapi, Borja Gardawadses Tochter. Ich rück zur Seite. Er hat eine Fahne, und außerdem riecht er nach Tabak. Mediko kommt aus dem Haus: So, das ist alles. Sie wirft die letzten Sachen auf die Erde. Werana, bist du das, du Ärmster? Sie schaut nicht mehr her, geht wieder ins Haus. Schluchzt er auf: Ich bins, Mediko, ich bins, meine Liebe. Sagt Khatuna: Hau ab, wie du aussiehst! Bist ja völlig betrunken, verflucht, fall ja nicht ins Feuer. Sagt Werana: Schimpf nicht mit mir, Khatuna! Wie kommst du denn an Alkohol, jetzt, wo Krieg ist? Wer verschafft dir das Zeug, und wieso betrinkst du dich mitten im Krieg, du Idiot. Sagt er: Nur aus Liebe und gegenseitigem Verständnis, liebe Khatuna. Er reißt Khatuna die Sachen aus der Hand und wirft sie ins Feuer. Schreit: Brenne, brenne lichterloh. Sein Mund ist voll Schaum. Sagt Khatuna: Schrei nicht so rum, ich hab keine Lust auf dein Gebrüll.

Sie drückt ihm Sachen in die Hand: Schmeiß das Zeug hier noch rein, und dann ist Schluss. Er steht eine Weile da, wankt hin und her, schaut auf die Sachen. Sagt dann armselig: Wieso verbrennst du das alles? Sagt Khatuna: Jetzt kommst du mir auch noch damit! Was soll ich mit dem Zeug? Sie reißt ihm die Sachen aus der Hand und schmeißt sie selbst ins Feuer. Seine Stimme wird noch jämmerlicher: Die Sachen gehören meinem Michiko, warum verbrennst du sie, warum? Sagt Khatuna: Michiko ist tot. Sie haben ihn getötet. Er ist tot, und ich verbrenne seine Sachen. Iiiiiiih, mein Michiko ist tot! Werana kniet sofort nieder, steckt seinen Kopf zwischen die Hände und schluchzt wie ein Kind. Sagt Khatuna: Mein Gott, das hat mir jetzt noch gefehlt! Hier. Sie bückt sich, nimmt die restlichen Sachen vom Boden und wirft sie vor ihn hin. Hier, das sind Michikos Sachen, du kannst sie haben. Sagt Werana: Die Sachen von Michiko? Michikos Sachen? Er hebt seinen Kopf, ohne aufzustehen, wie ein kleines Kind schaut er zu Khatuna hoch. Sagt Khatuna: Ja, das sind seine Sachen. Hier, nimm sie und geh, hau ab von hier. Wiederholt Werana: Von Michiko? Er steht auf, schnäuzt sich mit dem Ärmel. Sagt: Hier. Dreht sich zu mir, zeigt eine Hose: Hier, die gehört Michiko, meinem Michiko, Khatuna hat sie mir geschenkt. Sagt Khatuna: Jaja, ich hab sie dir geschenkt, und jetzt geh, geh endlich. Sagt Werana: Mein Michiko, die Hose von meinem Michiko. Er geht. Ohne sich umzuschauen, wankt er davon. Sagt Khatuna: Der hat mir noch gefehlt, mit seiner Rotznase. Sie nimmt den Wasserkrug und gießt Wasser übers Feuer. Sagt: Jetzt müssen wirs löschen. Das wird schon gefährlich in der Dämmerung. Kannst du mir bitte noch mehr Wasser holen? Ich nehm ihr den Krug ab und geh Wasser holen. Bevor ich ins Haus trete, dreh ich mich um. Aus der Entfernung sieht sie noch viel mehr aus wie irgend so ein aufgeplusterter schwarzer Vogel.

Freitag

Ninzo hat weit aufgerissene Augen: Entschuldige, ich kann doch nicht mitkommen, sie liegt im Sterben, jetzt liegt sie wirklich im Sterben. Frag ich: Und wo ist Saur? Im Keller. Er schnitzt ein Fass. Kommt nicht mal hoch. Meine Stimme wird immer dünner: Und was wirst du machen, so allein? Ninzo hat wirklich weit aufgerissene Augen: Und was wirst du machen? Na, und du? Keine Ahnung. Ich bind ihr das Kinn hoch. Weißt du, wie sie atmet? Wie wenn sie dabei die Seele aushaucht. Frag ich: Hast du keine Angst? Nein, sagt sie, ich hab keine Angst. Sag ich: Gut, ich geh. Sie ist fast am Weinen: Was soll ich denn tun, Zknapi, ich weiß wirklich nicht, was ich tun soll. Sag ich: Ich geh schon allein, macht nichts. Mir steckt ein Kloß im Hals. Ich versuch wegzuschauen. Wir dürfen nicht weinen. Wir dürfen nicht weinen. Jetzt darf keine von uns weinen. Ich lächle gezwungen: Weißt du, was passiert ist? Sagt Ninzo: Was? Sie schaut mich an, als hätte ich sie in letzter Sekunde gerettet. Du glaubst es nicht. Sagt Ninzo lustlos: Ach. Sag ich: Komm, mach mal die Tür zu, so halb. Ninzo macht die Tür zu, ich stell mich dahinter. Sie starrt mich mit leeren Augen an, versteht nicht, was ich meine. Schnell mach ich meine Hose auf, steck mir die linke Hand in die Unterhose und halt ihr die blutigen Finger vors Gesicht. Ninzo versucht zu lächeln: He, Zknapi, wau, ich fass es nicht! Aber ihr Gesicht verzieht sich dabei nur komisch. Du bist jetzt eine richtige Frau. Bin ich, sag ich und wisch meine Finger an der Hose ab. Sagt Ninzo: He, ist ja toll. Jetzt können wir zusammen mit den Typen losziehen. Wieder verrutscht ihr Lächeln, und sie fragt mich: Blutest du stark? Sag ich: Ja. Sie legt sich die Hand auf den Bauch: Tuts hier weh? Sag ich: Nein. Hier auch nicht? Nein. Sagt sie dann: Muss denn alles heute passiern? Sie haucht es, wie mit dem letzten Atemzug. Sag ich: Na gut, ich geh jetzt. Ich hauch es auch, wie mit dem letzten Atemzug. Ich hab keine zwei Schritte getan, da ruft sie mir hinterher: He, Zknapi. Ruf ich nach hinten: Was ist? Weißt du, wie ich ihr das Kinn hochbinden muss? Sag ich: Nein. Ich sag es, ohne mich noch mal umzudrehn, und geh davon. Etwas weiter stehen irgendwelche Kerle. Ich meide die Hauptstraße und nehm die Abkürzung über Datos Haus. Vorsichtig öffne ich die Tür. Mutter sitzt mit dem Rücken zur Tür auf dem Bett.

Abzählen

Ninzo, sie schießen auf mich. Ninzo, sie pusten mir das Gehirn weg. So wie bei dem Mann in der Schlucht. Weißt du noch, wie er ausgesehen hat? Weißt du noch, wie sein Gehirn ausgesehen hat? Sie schießen auf mich. Obwohl ich schreie, schießen sie. Sie können mein Geschrei nicht hören. Ich hab eine ganze Kiste dabei. Hab jedes Stück einzeln aus dem Klofenster geworfen. Jetzt pack ich alles zusammen und lauf davon. Sie schießen auf mich. Sie schießen. Sie kommen hinter mir her und schießen. Warum hast du mir nichts von dem Hund gesagt? Hast du das nicht gewusst? Sie halten mich für jemand andern und schießen. So wie der Hund bellt, werden sie auf mich schießen. Sie werden schießen. Ich geh übers Feld, ich muss über das Feld gehen. Es passiert mir schon nichts. Ich bin doch ein Vogel, so klein wie ein Vögelchen. Ich bin ein Vogel, ein Vogel am Himmel, oder was hast du zu mir gesagt? Was hast du neulich gesagt? Du wirst sehn, ich bin ganz schnell, ich werd im Nu drüben sein, in Sekunden. Sie kriegen mich nicht, so schnell werd ich sein. Weißt du, wie ich das anstelle? Das erzähl ich dir morgen. Blitzschnell werd ich über das Feld rennen, im Sauseschritt drüber. Ninzo. Warte, ich muss alles mitnehmen, ich glaub, sie kommen. Ja, sie kommen. Sie schießen auf mich. Warte, ich bin doch ein Vogel. Es fliegt ein Vogel, ganz allein … Ene, mene, ming, mang, kling, klang, eia, weia, weg. Ene, mene, dubbe dene, dubbe dene dalia, ebbe, bebbe, bembio, bio, bio, buff. Es fliegt ein Vogel, ganz allein, schau, jetzt fliegen zwei, sie fliegen hoch, sie fliegen nieder, sie fliegen fort und kommen wieder. Ene, mene, ming, mang, kling, klang, eia, weia und weg. Flieg weg. Es fliegt ein Vogel, ganz allein, schau, jetzt fliegen zwei, sie fliegen hoch, sie fliegen nieder und

fl-ie-gen fort
kling und klang.

Samstag

Mutter sagt: Helft mir, ihr Leute, helft mir, wenigstens das eine zu retten.

Grenzzone
11:25 Uhr

Kwernadse hat der Frau gesagt, er kann sie mit Wano zusammenbringen, wenn sie will, mit Wano Gardawadse. Wano? Welcher Wano? Mit Gardawadse, du Blödmann. Mit diesem unreifen Depp? Ja, mit ihm und mit seiner Mutter. Warte, wer ist denn seine Mutter? Mann, die gekrümmte alte Frau, die so mager ist und das ganze Jahr über selbst gestrickte Wollsocken verkauft. Ja, ich weiß, wer das ist. Die so krumm geht. Und erst dieser Wano, Mann, er ist zwanzig, aber wenn man ihn sieht, merkt man sofort, dass was nicht … dass er nicht ganz in Ordnung ist. Wie wenn er als Kind nicht genug zu essen gekriegt hätte, so sieht er aus. Eben, die hab ich gemeint, Kwernadse hat der Frau gesagt, dass er sie dort hinbringen kann. Mutter und Sohn leben noch genau, wo sie früher gelebt haben. Aber sie hat Nein gesagt. Ich versteh nicht, wie diese Frau da auf den verblödeten Wano kommt. Was weiß ich, warum. Sie will ja doch nichts von ihm. Schau doch, sie ist gar nicht zu Wano gegangen, sie steht immer noch da unten. Ist … ist sie das, Mann? Von wem hab ich denn sonst die ganze Zeit gesprochen? Ist sie das, die in dem Auto mit dem ausländischen Nummernschild? Lass mich mal durchgucken. Ja, das ist sie, genau. Weiß denn Kwernadse Bescheid, Mann? Na klar, er hat ihr erlaubt, runterzugehen, ich doch nicht. Wie lang steht sie schon dort? Ungefähr seit einer halben Stunde. Eine halbe Stunde ist zu riskant, noch dazu mit ausländischem Nummernschild und an dieser Stelle. Na und, Kwernadse hats ihr erlaubt, was hab ich damit zu schaffen? Wenn er meint, soll sie doch dort stehen, verfickt, das alles! Eine halbe Stunde, sagst du? Was weiß ich, Bruder, wenn er ihr erlaubt, dort zu stehen, kann sie da stehen, solang sie will, meinetwegen eine halbe Stunde oder den ganzen Tag. Ist mir scheißegal. Mit einem ausländischen Nummernschild, Mann? Was macht sie denn, wenn sie da steht? Was weiß ich, sie steht einfach da. Lass mich mal durchschauen. Steht sie einfach nur da rum? Ja, was weiß ich, sie ist nicht aus dem Auto gestiegen. Und steht einfach so da? Klar, Mensch. Wer ist das überhaupt? Woher kommt sie denn, und wohin geht sie? Was weiß ich, Mann, es ist halt eine Frau. Eine Dame, Kwernadses Bekannte. Kwernadse hat gesagt, er hätte sie seit zwanzig Jahren nicht mehr gesehen. Zwanzig Jahre? Ja, seit seiner Kindheit. Was weiß ich, er sagt, er hätte sie früher, zu Kriegszeiten, hier rausgebracht. Er hat sie zwanzig Jahre nicht mehr gesehen und lässt sie einfach da runtergehen? Was weiß ich, Bruder, als Kinder waren sie befreundet. Er sagt, er hätte sie trotz der zwanzig Jahre sofort erkannt, wie sie reingekommen ist. Also nee, steht einfach da, macht nichts und denkt nicht daran, wegzugehen. Wer ist das, und was will sie? Sie hat sofort nach Kwernadse gefragt, als sie hergekommen ist, was weiß ich, wie sie es bis hierher geschafft hat. Nino oder Nana, den Familiennamen hab ich vergessen, ich glaube, Rogawa. Kwernadse war hier. Ich schwör dir, er hat sie eine Ewigkeit umarmt. Was weiß ich, wer sie ist, aber sie war eine Stunde bei ihm. Ich dachte, die heulen jeden Moment los. Wer denn, Mann? Kwernadse? Nein, Mann, Kwernadse doch nicht, die Frau.

Und, hat sie? Nein, ich schwörs dir. Und, wie ist sie? Wer, die da? Was weiß ich, eine Frau eben mit großem Busen. Eine schöne Frau. Nee, Mann, so kann es nicht weitergehen, jemand muss sie dort rausholen. Wo bleibt denn der Idiot? Wer, Kowsiradse? Ja, der. Was weiß ich, vorhin war er noch hier. Lass mich mal durchschauen. Da, sie steht immer noch dort und rührt sich nicht. Was haben sie dann gemacht? Nichts, er hat sie in sein Büro geführt, sie haben sich fast eine halbe Stunde lang unterhalten. Dann, beim Rauskommen, fragt er sie wegen Wano, und sie lehnt ab. Wo steckt denn Kwernadse? Ich glaub, er ist zum Wachposten, ach, da kommt er ja, mach dich gerade, Mann. Ist er betrunken? Was weiß ich, wie soll ich das von hier sehen? Klar ist er betrunken. Kopaliani, Kereselidse, was gibts? Was tuschelt ihr herum? Leutnant Kwernadse, in der Grenzzone wurde ein unbekanntes Fahrzeug gesichtet. Was sagst du, Jungchen? Ich sagte, in der Grenzzone wurde ein unbekanntes Fahrzeug mit ausländischem Kennzeichen gesichtet. Waas? Was sagst du, Junge? Verflucht, ist sie immer noch da unten? Jawohl, Herr Leutnant, sie steht immer noch an der gleichen

Stelle. Sie steht noch da? Steht immer noch dort? Hab ich ihr nicht gesagt, sie soll in zehn Minuten wieder hier oben sein? Diese scheiß Nutte! Soll ich etwa nach ihrer Pfeife tanzen und mir ihretwegen noch Ärger einhandeln? Beeilt euch! Wo ist dieser Idiot von Kowsiradse, Scheißkerl! Kowsiradse, du … Er ist auf der anderen Seite, Herr Leutnant, so kann er Sie nicht hören. Wo ist er, wo, der … Das Auto steht schon die ganze Zeit dort unten, und ihr lungert hier herum wie ein paar Deppen? Kowsiradse, Kowsiradse, fick deine alleinerziehende Mutter! Na, was hab ich dir gesagt, er ist vor Wut fast durchgedreht. Was heißt Wut, was hätte ich denn tun sollen? Was du hättest tun sollen? Ich versuch dir seit zehn Minuten zu sagen, lass uns runtergehen und sie raufholen, runtergehen und sie raufholen, und du kommst mit irgendwelchen Märchen über diese Frau. Was denn für Märchen, du? Ich hab dir nur erzählt, was los gewesen ist. Der arme Kowsiradse, er macht ihn fertig. Geschieht ihm recht, diesem Wichser. Was hast du denn gegen ihn, hat er dir was getan? Er tut doch keinem was. Mir schon mal gar nichts, der schadet nur sich selbst. Was soll er mir schon groß tun? Du wirst sehn, was Kwernadse mit ihm macht. Mensch, ist das eine Hitze. Komm, hier drin ist es kühl. Er hat sicher die Kühlung angelassen. Schau mal einer an, wie viel die geraucht haben. He, komischer Geruch, was? Es riecht nach Parfüm, Mann, es riecht nach dieser Frau. Heh, du wirst sehn, Kowsiradse wird vor Erregung gleich der Schwanz hoch stehen. Was hast du gesagt, was ist das für eine Frau?

11:55 Uhr

Madame. Er pocht an die Scheibe. Madame! Warum lasst ihr mich nicht einfach in Ruhe, denke ich und sage, ja bitte, und drehe die Scheibe herunter. Es ist ein junger Kerl, hager, groß, mit kindlichem Gesicht. Sagt er: Sergeant Kowsiradse. Was für eine schöne Frau. Sie hat weit aufgerissene, trockene Augen. Sie sitzt da wie angewurzelt. Sie weint nicht, denk ich. Sie stehen schon länger als eine halbe Stunde hier, Madame, es ist nicht erlaubt, das hier ist eine Grenzzone.

Eine Grenzzone, wiederhole ich sinnlos. Ich bitte Sie, das Territorium zu verlassen, sage ich und meide ihren Blick. Ja, natürlich, ich werde es sofort verlassen, sage ich und meide seinen Blick. Bis ich den Wagen angeschmissen hab, sag ich zu ihm, nehmen Sie Platz, wir können gemeinsam nach oben fahren. Leider, sag ich, darf ich das nicht, das ist nicht erlaubt. Ihre Hände zittern. Entschuldigung, sag ich, meine Hände zittern. Macht nichts, sag ich. Sie haben recht, das macht nichts, es geht gleich wieder, Entschuldigung. Auf diesem Feld … ist früher … sagt sie und reißt ihre Augen noch weiter auf. Sag ich: Dieses Feld war früher im Krieg vermint. Ich meide wieder ihren Blick. Und damals, hier, auf diesem Feld … ihre Stimme erstickt. Sie holt ein Taschentuch heraus und: Mein Gott, sagt sie laut, mein Gott.

Und fängt an zu weinen.

Wie ich meine Sprache wiederfand
Nachbemerkung der Autorin

Noch ehe ich sprechen konnte, hatte ich mir meine eigene Sprache ausgedacht – Wörter unbestimmter Herkunft und unbestimmten Inhalts, die beim Aussprechen sofort wieder verschwanden. Wörter zu reimen, war meine liebste Beschäftigung. Stundenlang konnte ich mich damit beschäftigen. Und weil sich diese fremden und seltsamen Wörter reimten, hielten es die Erwachsenen für Gedichte in meiner eigenen Sprache. Das amüsierte sie sehr, immerhin rezitierte das eigene Kind in einer sehr seltsamen Sprache eifrig Gedichte. Heute kann ich mich an kein einziges Wort aus »meiner Sprache« mehr erinnern.

Kaum hatte ich Lesen und Schreiben gelernt, schrieb ich, wie so viele es tun, ein Gedicht. Es war natürlich meiner Mutter gewidmet. Die Schreibsucht hat mich erst Jahre später, im Teenageralter, gepackt. Unser Land wurde indes von der Kriegssucht befallen.

»Vergeude doch nicht so viel Kugelschreiber und Papier!«, ermahnte mich meine Mutter immer wieder. Und jedes Mal, wenn sie mir das sagte, war ich zutiefst beleidigt. Heute kann ich sie gut verstehen. Es ist nicht leicht, Mutter zu sein, besonders im Krieg. Schon deshalb, weil man die wenigen Mittel, die man besitzt, nicht nur für Kugelschreiber und Papier zurücklegen muss, sondern für Brot und Kartoffeln. Da die Hefte zugunsten der Kartoffeln und des Brots immer weniger wurden, musste ich einen Ausweg finden. Ich fand einen und war überglücklich. Meine Großmutter hatte die Chemie- und Physikhefte meines Onkels sorgfältig aufbewahrt, als Beweis für den Fleiß ihres Sohnes. Die Jugendliche einer Übergangsperiode hatte noch genügend Platz, um zwischen die Formeln und Aufgaben im ordentlich geführten Heft eines Jugendlichen aus der sowjetischen Periode ihre Geschichten hinzukritzeln. Viele davon besitze ich bis heute. Auf den verschlissenen Heftumschlägen steht »Temur 1979« und darüber geschmiert »Ahorn im Dezember«, »Schatten« oder »Neununddreißig und dann noch der Vierzigste« – allesamt Titel meiner frühen Erzählungen. Was ich schrieb, durften nur wenige, und zwar ausschließlich Mädchen, aus meiner Klasse lesen. Einige von ihnen schrieben auch selbst Geschichten. Wir waren füreinander die Leser und hatten ein regelrechtes Ritual fürs Geschichtenaustauschen. Es war ein Ritual, aber auch ein Geheimnis, denn wir mussten höllisch aufpassen, dass unsere Schriften nicht von unseren Eltern, Brüdern oder anderen Jungs gelesen wurden. Darüber gab es ein stillschweigendes Abkommen zwischen uns Mädchen.

Dennoch gelang es unseren pfiffigen Brüdern, die sehr gut darin waren, unsere Schriftwerke aufzuspüren, hin und wieder, eins zu lesen. Ihrem kindischen Spott und Gequatsche traten wir mit der erhabenen Miene der gequält Schaffenden entgegen. Die Jungs hatten ja sowieso keine Ahnung, was uns Mädchen auf dem Herzen lag. Ich habe damals sehr viel und beinahe über alles geschrieben: über Teenager, die ein spannendes und abwechslungsreiches Leben führen, reisen können, bunte Klamotten tragen und auf hell beleuchteten Straßen spazieren. Ich selbst musste allerdings im Zeitalter allgemeiner Elektrifizierung im Licht einer Öllampe lernen, die umgenähten Kleider meiner Mutter aus den Achtzigern tragen (damals auf dem Schwarzmarkt erworben) und abgeschieden von allem in einer Kleinstadt an der Peripherie des Landes leben. Tbilissi war damals die Stadt meiner Träume.

Ich wurde Studentin, zog in die Hauptstadt und hörte auf zu schreiben. Sehr bald wurde mir klar, dass Tbilissi gar nicht die Stadt meiner Träume war und die Diplomatie auch nicht mein Traumberuf. Nachdem ich den Bachelor gemacht hatte, übernahm ich verschiedene Niedriglohnjobs und schaffte es sogar, mich einige Male zu verlieben. Die Jahre 2002, 2003 und 2004 waren für mich besonders schwer: Ich verlor meinen Vater, der mein bester Freund war, das Gehör auf einem Ohr und meinen Job (den ich zum Überleben brauchte). Mit vierundzwanzig glaubte ich fast, es gebe für mich keine Zukunft mehr. Dennoch ergriff ich jede auch noch so kleine Chance, die sich hier und da ergab. So landete ich eines Tages vor dem deutschen Konsulat und später in Deutschland, besser gesagt, in einer Kleinstadt zwischen der Schweiz und Deutschland, als Au-pair-Mädchen in einer ungemein netten Familie. Das war meine erste Reise, mein erster Besuch in der »anderen Welt«. Und es war ein überwältigender, ein sehr tiefer Eindruck, den diese Welt auf mich machte. Später bin ich noch viel herumgekommen, aber einen solch gewaltigen Eindruck habe ich leider nie wieder gewonnen. Aus einem sehr angespannten Leben in eine äußerst ruhige und fremde Umgebung zu gelangen, bedeutete für mich damals so viel wie Überleben. Ich fing wieder an zu schreiben. Nur wurden Papier und Kugelschreiber durch eine Tastatur ersetzt und meine drei bis vier Freundinnen durch zwanzig bis dreißig Literaten. Inzwischen war ich auf einer elektronischen Literaturseite gelandet, und der Wunsch zu schreiben entflammte neu in mir. Ich bin dieser Seite für ewig dankbar, denn sie schaffte mir jenen Freiraum, den ich immer gesucht hatte. Anschließend verbrachte ich ein Jahr in Budapest und erlangte dort meinen Magister in Genderforschung. In Budapest habe ich entdeckt, dass ich auch auf Englisch schreiben kann, und einen Studiengang Kreatives Schreiben besucht. Wie groß war doch meine Freude, als mir ein Lektor auf einer Weihnachtskarte schrieb: *Tamta, you are a born writer.* Zurück in Georgien, habe ich einige Geschichten geschrieben und wieder mehrmals den Job gewechselt. Als ich im Sommer 2010 wieder einmal arbeitslos war, empfand ich das nicht als sonderliches Ärgernis. Im Gegenteil, so war es besser. So konnte ich endlich niederschreiben, was mir schon seit zwei Jahren auf den Nägeln brannte und wofür ich nie die Zeit hatte. Um zu überleben, muss man arbeiten, allerdings raubt einem die Arbeit eine Menge Zeit. Ich verschanzte mich in der unrenovierten, verlassenen Wohnung eines Bekannten, in der es weder Klimaanlage noch fließend Wasser gab. Die neunte Etage eines Hochhauses im Randbezirk von Tbilissi wurde zu »meiner eigenen Zelle«. Es war ein schrecklich heißer Sommer. Im Durchzug auf dem Boden liegend, habe ich *Abzählen* geschrieben.

Abzählen ist mein erstes Buch. In Georgien war es ein ziemlicher Erfolg – zahlreiche Rezensionen, ein Literaturpreis, viele Interviews und verkaufte Exemplare. Natürlich habe ich mich über den Erfolg gefreut, noch viel mehr freut es mich allerdings, dass die Leser meine Botschaft verstehen, sie annehmen und mitfühlen, sei es meine aus Abchasien geflohene Freundin oder eine unbekannte Journalistin. »Das Buch handelt von mir«, sagte sie mir, und ihre Augen füllten sich mit Tränen. Sie mied meinen Blick. Und ich mied ihren. Aus demselben Grund – auch meine Augen waren voller Tränen. Mit diesem Buch wollte ich etwas sagen, woran ich schon immer geglaubt habe. Der Krieg im Jahr 2008 hat diesen Glauben in mir noch verstärkt. Ich glaubte und glaube immer noch daran, dass Gewalt keine Nationalität kennt. Auch keine Grenzen. Dass sie überall gleich vernichtend und überall die größte menschliche Tragödie ist. Ich wollte zum Ausdruck bringen, dass die Tragödie, wie sie in *Abzählen* geschieht, überall passieren kann: in Georgien, Kosovo oder Ruanda. Ich wollte zeigen, dass es außer dem Krieg der Politiker und des Militärs noch einen anderen Krieg gibt, den der Menschen und Kinder. Und ebendieser Krieg ist am grausamsten, auch weil darin soziale Ungerechtigkeit viel stärker zum Ausdruck kommt. Ich wollte auch sagen, dass Mädchen im Krieg immer noch Mädchen sind und dass ihre Freundschaft etwas ganz Besonderes sein kann.

Spricht man von der linguistischen Eigenart dieses Textes, von seinem Rhythmus und seiner Authentizität, muss ich an »meine Sprache« aus meiner frühesten Kindheit denken. Den Rhythmus dieser Sprache habe ich jetzt in meine Texte auf Georgisch transportiert. Scheinbar habe ich sie doch nicht ganz vergessen.

Tamta Melaschwili, Dezember 2011

Weiter lesen mit dem Unionsverlag …

LEONARDO PADURA *Der Schwanz der Schlange*

Ein außergewöhnlicher Mordfall führt Mario Conde in die geheimnisvolle Welt von Havannas Barrio Chino. Ein alter Chinese baumelt tot in seinem Kämmerchen, mit zwei in die Haut geritzten Pfeilen und einem abgeschnittenen kleinen Finger. Ein religiöser Ritualmord mit Santería-Hintergrund? Oder steckt doch eine interne Abrechnung dahinter?
Da Teniente Conde seiner attraktiven chinesischstämmigen Kollegin, der unwiderstehlichen Patricia Chion, nichts abschlagen kann, kümmert er sich selbst um diesen Fall. In den geheimen Zirkeln der chinesischen Gemeinde stößt Mario Conde auf mysteriöse Zusammenhänge und Machenschaften und immer wieder auf Geschichten von Entwurzelung und Einsamkeit …

ÓSCAR URRA *Harlekin sticht*

Ein Serienmörder zieht seine Spuren durch Madrid. Auf den Körpern seiner Opfer hinterlässt er eine Spielkarte – den Joker, der den Ermittlern des Polizeikommissariats Madrid-Zentrum höhnisch entgegenzugrinsen scheint. Da es um Spielkarten geht, fällt den überforderten Polizisten ein, sich an den spielsüchtigen Detektiv Julio Cabria zu wenden. Doch obwohl er sich bestens auskennt in dieser Welt aus illegalen Spielhöllen, sieht sich Cabria mit einer neuerlichen Pechsträhne in seiner ohnehin schon arg gebeutelten Biografie konfrontiert – je mehr er in diesem teuflisch verwickelten Fall die Fäden zu entflechten versucht, desto enger scheinen sie sich um seinen eigenen Hals zu wickeln.

Frauen aus aller Welt im Unionsverlag

SEFI ATTA *Sag allen, es wird gut!*

Enitan ist elf, als sie zum ersten Mal auf Sheri trifft. Sheri, frech und ziemlich frühreif, gefällt ihr auf Anhieb. Obwohl beide Mädchen der oberen Mittelschicht in Lagos angehören, könnten ihre Familien kaum unterschiedlicher sein. Enitans Vater ist ein angesehener Rechtsanwalt, der für Meinungsfreiheit kämpft und seine Tochter zu einer emanzipierten Frau erzieht. Sheris Vater, ein wohlhabender Muslim, hat zwei Ehefrauen und frönt den angenehmen Seiten des Lebens.

Die Mädchen schlagen sehr verschiedene Wege ein. Enitan wird Rechtsanwältin und kämpft für ihre Unabhängigkeit, die attraktive Sheri lebt als Mätresse eines alten Generals im Luxus, bis sie ihn eines Tages mit einem Kochtopf zu Boden schlägt …

MONIREH BARADARAN *Erwachen aus dem Alptraum*

Neun Jahre lang lebte Monireh Baradaran in den berüchtigten Gefängnissen von Teheran. Ihr Bericht geht an die Grenze dessen, was Menschen ertragen können. Von den Frauen, ihren Mitgefangenen, zeichnet sie genaue, einfühlsame Porträts und geht dem Rätsel nach, wie Menschen sich verändern, Freunde zu Feinden, »Helden« zu »Verrätern« werden. Noch in den grausamsten Augenblicken der Haft bleibt die Schilderung präzise, voller menschlicher Neugier und Verständnis, rückhaltlos auch gegenüber den eigenen Zweifeln und Schwächen.

Frauen aus aller Welt im Unionsverlag

KEN BUGUL *Die Nacht des Baobab*

Seit Urzeiten lag ihr Dorf im schützenden Schatten des Baobab, des Affenbrotbaumes. Auf der Suche nach einer Zukunft, nach Wissen und Bildung zieht Ken in die Stadt und erhält ein Stipendium für ein Studium in Europa. Dort ist sie den Blicken auf der Straße, dem ständigen Wechselbad von Ablehnung und Anmache ausgesetzt.

Bald wird sie zum Maskottchen einer Künstlerschickeria. Verzweifelt und verloren sucht sie dennoch die Anerkennung, wo sie am leichtesten zu finden ist: in den Nachtclubs und in den Bars. Hier wird sie schließlich zur Philosophin schwarzer und weiblicher Kultur. Sie rechnet mit sich und der Verlogenheit ihrer Umgebung ab.

ASSIA DJEBAR *Das verlorene Wort*

Nach zwanzig Jahren in Frankreich kehrt Berkane nach Algerien zurück. In einem Haus am Meer, später reisend, fotografierend, will er wieder Fuß fassen. Die Straßen und Plätze seiner Erinnerungen sind fremd und bedrohlich geworden, tastend versucht er, sich der spannungsvollen, turbulenten Realität zu nähern.

Die Briefe an Marise, die französische Schaupielerin, mit der er zusammenlebte, schickt er nicht ab. Dass er Tagebuch schreibt und an einem Roman arbeitet, wissen nicht einmal seine Freunde. Erst die drei Nächte mit Nadjia holen ihn in die Gegenwart zurück. In diesem erotischen Taumel ohne Zurückhaltung erwacht die Sprache der Kindheit wieder in ihm.

Frauen aus aller Welt im Unionsverlag

MANSURA ESEDDIN *Hinter dem Paradies*

Im »Weißen Haus«, in einem Dorf im Nildelta, sind Gamila und Salma gemeinsam aufgewachsen. Heute kommt Gamila als Studentin im kurzen, schwarzen Kleidchen daher und trägt Taschen von Louis Vuitton. Salma, die Journalistin, führt ein bürgerliches Leben und will aus der Enge ihrer gescheiterten Ehe ins Schreiben flüchten.

Inmitten ihrer Lebenskrise fasst Salma den Entschluss, ihre Familiengeschichte zu schreiben. Sie kehrt zurück ins Weiße Haus und vergräbt sich im Zimmer, das einst ihr Kinderzimmer war. Tausend Geschichten steigen in ihr auf. Zuletzt dringt sie vor zu jenen Ereignissen, durch die sie und ihre engste Freundin Gamila auf immer in Schuld verstrickt sind.

ZHANG JIE *Abschied von der Mutter*

Mit unerbittlicher Ehrlichkeit erzählt Zhang Jie über ihre Unfähigkeit, von der Mutter Abschied zu nehmen. Durch Krieg, Hunger und die Wirren der Revolution stützten sich Mutter und Tochter gegenseitig in den Härten eines Alltags ohne Vater und Ehemann. Als die Mutter gebrechlich wird und untrügliche Zeichen eine Krankheit ankündigen, versucht Zhang Jie alles, um ihr die beste Behandlung zukommen zu lassen. Aber bald weicht die Sorge ohnmächtiger Wut und Überforderung. Verlorene Augenblicke können nicht nachgeholt werden und breiten sich in der Erinnerung aus. Erst der Tod durchtrennt die Nabelschnur, die Mutter und Tochter ein Leben lang verband.

Mehr über alle Bücher und Autorinnen auf *www.unionsverlag.com*

Frauen aus aller Welt im Unionsverlag

Sahar Khalifa *Heißer Frühling*

Madschids Jugendtraum war eigentlich, als Sänger berühmt zu werden. Aber auch sein jüngerer Bruder Ahmed wird durch die Ereignisse aus der Bahn geworfen. Linkisch und verträumt, interessierte er sich nur fürs Malen und Fotografieren. Nun arbeitet er als Sanitäter beim Roten Halbmond. Während die Frauen den immer schwierigeren Alltag meistern und sich um die Notleidenden kümmern, ist der sensible Ahmed zutiefst verstört. Er verschließt sich seiner Familie und seinen Freunden, wird immer radikaler in seinen Ansichten – bis er schließlich handelt. Ein Verzweiflungs- oder ein Terrorakt?

Miral al-Tahawi *Gazellenspuren*

Die Bilder im alten Haus am Nil sind Muhra seit ihrer Kindheit vertraut. Da ist zum Beispiel das Foto der drei Schwestern mit den bunten Schleifen im Haar. Oder ein Gemälde, von einem durchreisenden Franzosen gemalt: Beduinen sitzen um ein Feuer und sehen einer verschleierten Frau beim Tanz zu. Und von ihrem Vater gibt es Fotos mit seinem Lieblingsfalken und mit edlen Araberpferden. Jedes der Bilder birgt ein Geheimnis. Welche der drei Schwestern ist Muhras Mutter? Wer ist die tanzende Frau am Feuer? Weshalb nahm der Vater für reiche Ölscheiche an Falkenjagden teil, die nichts als eine Farce waren? Muhra will die Wahrheit wissen und sucht ihre Spuren in Erinnerungsfetzen, in den Geschichten der Alten, in versteckten Aufzeichnungen und Skizzen.

Frauen aus aller Welt im Unionsverlag

AYŞE KULIN *Der schmale Pfad*

Die Journalistin Nevra Tuna steckt in einer privaten und beruflichen Krise. Ihre ganze Hoffnung setzt sie auf ein Interview mit der inhaftierten kurdischen Politikerin Zelha Bora, das ihre Karriere retten soll. Doch zwischen den beiden Frauen, deren Lebensverhältnisse unterschiedlicher nicht sein könnten, stehen nur Vorurteile und Vorwürfe.
Kurz bevor das Gespräch zu scheitern droht, entdecken sie: In ihrer Kindheit waren die beiden engste Freundinnen, nun versuchen sie, die vergangenen Jahre heraufzubeschwören und ungelöste Rätsel zu lösen.

CLAUDIA PIÑEIRO *Die Donnerstagswitwen*

Fünfzig Kilometer vor den Stadttoren von Buenos Aires lebt hinter hohen Sicherheitszäunen eine kleine elitäre Gemeinschaft. Ihre Sorgen scheinen sich in der Sommerhitze und deren Folgen für den örtlichen Golfplatz zu erschöpfen. Unter der schönen Oberfläche jedoch schwelen Konflikte, die auch vor den Siedlungszäunen nicht haltmachen: Untreue, Alkoholsucht und Ehezwist. Zudem bekommt selbst die privilegierte Gated Community die Auswirkungen der Wirtschaftskrise mit aller Wucht zu spüren. Doch anstatt die Ärmel hochzukrempeln, gehen drei Familienväter einen eigenwilligen Weg, um ihren Lieben den hohen Lebensstandard zu sichern.